KB133040

http://www.bbulmedia.com

무림영주

武林領主

무림영주

武林領主

윤지겸 퓨전 판타지 소설

8

〈완결〉

목 차

1장
무림맹의 괴사

콰앙!

무림맹 본산에서도 가장 중심이라 할 수 있는 의천각에서 굉음이 터져 나왔다.

갑작스러운 소리에 무림맹 본산 내부에 있던 사람들의 시선이 동시에 한 곳으로 쏠렸다. 그렇지 않아도 갑자기 등장한 절강성 담씨세가 가주 담기령의 등장으로 모두들 알게 모르게 의천각에 신경을 쓰고 있던 차였다.

우지끈, 와장창!

굉음에 이어 무언가 부서져 나가는 소리가 울린다.

"헉!"

두 번째 소리가 들린 쪽으로 시선을 돌리던 사람들의 입에서 신음이 새어 나왔다.

그곳은 다름 아닌 의천각의 건물 지붕 위였다.

지붕 위에 두 개의 인영이 서 있었다. 아니, 정확하게는 사나운 기세를 사방으로 뿜어 대며 싸우고 있었다.

"감히 이런 짓을 하다니!"

우렁우렁 울리는 외침은, 무림맹 본산에 머무는 이들이 잘 아는 목소리였다. 한때는 무림맹의 지원을 받아, 진정한 협의를 추구한다고 알려진 서하단의 단주 백무결이었다. 이제는 그 서하단을 서하문으로 개파 한다는 소문이 퍼진 데다, 무림맹 본산에 머문 지도 꽤 오랜 시간이 흘렀기에 대부분이 그를 알고 있었던 것이다.

카카캉!

요란한 쇳소리와 함께 무시무시한 기운이 사방으로 폭사되었다.

"내가 한 일은 옳은 일일세!"

"입에서 뱉는다고 다 말인 줄 아는가!"

"그렇다면 내 말이 틀렸단 말인가?"

지붕 끄트머리를 따라 두 개의 그림자가 끊임없이 공수를 주고받으며 입으로는 설전을 벌인다.

그리고 언뜻언뜻 보이는 모습을 확인한 사람들은 겨우 백무결과 싸우는 이가 누구인지 확인할 수 있었다.

오늘 무림맹으로 찾아왔던 절강성 담씨세가의 가주, 담

기령이었다.

그런데 저 두 사람이 도대체 무슨 일로 저리 건곤일척의 혈투를 벌인단 말인가.

콰직, 콰지지직!

사나운 움직임을 따라 지붕의 기와가 박살이 나며 그 파편이 지붕 아래로 쏟아져 내렸다.

잠시 말없이 이십여 합을 주고받은 후, 담기령이 다시 큰 소리로 외쳤다.

"왜 말이 없는가! 무림은 일통되어야 하네. 그래야만 아무런 이득도 없는 소모적인 분쟁이 끝나고, 비로소 평화가 찾아오는 걸세. 지금까지 무림이 서로를 향해 칼을 겨누느라 흘린 피가 얼마나 엄청날지 생각이나 해 보았는가!"

"알량한 세 치 혀로 자신의 죄를 덮으려는 간악한 인간이로군! 한때나마 너를 친구로 여긴 것은, 이 백무결 평생의 수치다!"

"죄라니! 내가 무슨 죄를 지었단 말인가? 정(正)을 막는 것은 결국 사(邪). 사이함을 멸하는 것은 결국 정의인 걸세!"

"목적이 수단을 정당화 하지는 않는다, 이 간적!"

서로 목숨을 걸고 싸우는 탓에, 휘두르는 사지는 물론 목소리까지 잔뜩 공력이 담겨 있어 두 사람의 설전이 사방으로 쩌렁쩌렁 울렸다.

그로 인해 소리가 닿는 곳에 있는 모든 이들의 이목이 그 대화에 집중되었다.

끝나지 않는 무림 내부의 분쟁을 해결하기 위해 무림이 일통되어야 한다는 말은 모든 이들의 신경을 곤두서게 만들기 충분한 주장이었다.

무림의 역사에서 어마어마한 피해를 불러일으킨 대부분의 커다란 전쟁의 시작이 다름 아닌 그러한 논리에서 시작되었던 탓이다. 오히려 이권이 달린 분쟁에서 많은 피를 흘리는 일은 거의 없는 것이 무림의 생리.

하지만 더욱 충격적인 이야기는 그 이후에 나왔다.

"목적으로 수단을 정당화시키다니! 말도 안 돼는 소리하지 말게. 나는 아무런 잘못도 하지 않았네!"

"독과 암수를 이용해 무림맹의 어른들을 살해한 걸 어찌 설명할 셈이냐!"

"검으로 죽이든 독으로 죽이든 결국 죽는다는 결과는 똑같은 것이네! 싸움이라는 건 어떻게든 상대를 이기는 것만이 절대선이라는 걸 모른단 말인가!"

"헛소리!"

"이게 왜 헛소리인가? 그렇다면, 힘이 없는 나라가 강한 나라의 침략을 받으면 정정당당하게 힘으로 맞상대를 하다가 조용히 멸망해야 하는 것인가, 아니면 암수를 써서라도 침략을 막아야 하는가?"

"궤변이다!"

"대답하지 못하는 말을 궤변으로 몰고 가지 말게!"

두 사람의 도검이 허공에 사나운 궤적을 그어 대고, 요란한 쇳소리와 박살 난 기와조각들이 사방으로 날리는 사이 설전을 벌이는 두 사람의 목소리 또한 한층 커졌다.

그리고 설전 중에 흘러나온 이야기는 무림맹에 있는 모든 이들의 머릿속에 어마어마한 충격을 던졌다.

무림맹 어른들의 사망. 암수와 독살.

도대체 이게 무슨 말도 안 되는 소리인가. 의천각에 있던 각 세력의 주인들이 저 지붕 위에 있는 담기령에게 살해당했다는 말을 어찌 받아들여야 할지 정신이 없었다.

"자, 장문인은!"

"가주님, 가주님의 상태를 확인하라!"

방금 전까지 멍하니 담기령과 백무결의 설전에 귀를 기울이고 있던 사람들이 기겁을 하며 의천각으로 달려갔다.

한두 사람이 아니었다. 무림맹에 있는 이들의 절반 이상이 구파와 사대세가의 사람들이었다. 그 모든 이들이 한꺼번에 의천각으로 몰려갔다.

콰아앙!

"멈추시오!"

순식간에 의천각 입구로 몰려든 인파의 앞에 묵직한 소

음과 함께 누군가의 웅혼한 공력이 실린 일갈이 터져 나왔다.

"길을 열어 주십시오!"

"저희 장문인께서는 무사하십니까?"

"가주님, 가주님의 상태를 알려 주시오!"

모여 있는 사람들이 너나 할 것 없이 질러 대는 외침이 한데 섞이는 바람에, 의천각 앞에는 도저히 알아들을 수 없는 아우성이 가득하다.

"아무도 들어갈 수 없소!"

사람들의 앞을 막아선 이는, 선장을 든 채 입구를 막고 선 아미파의 원광이었다.

"왜 우리를 막는 것입니까!"

"들여보내 주시오!"

"장문인의 안위를 확인해야겠소!"

앞을 막아서는 원광을 향한 항의가 쏟아졌다. 하지만 원광은 굳건히 버티고 선 채 사람들의 진입을 허용하지 않는다.

"맹주님의 명이오. 내부의 상태가 혼란스러운 것은 물론, 난잡한 상황을 틈타 암계를 꾸미려는 자들이 있을 수 있기 때문에 일단은 안에서만 상황을 수습해야 하오!"

웅혼한 공력이 담긴 원광의 일갈에도 사람들은 좀처럼 물러설 생각을 하지 않았다.

안되겠다고 생각한 원광이 모여 있는 인파를 향해 외쳤
다.

"아미의 제자들은 의천각을 둘러싸고 사람들의 출입을
막아라!"

원광의 외침에, 원광의 안위를 걱정해 의천각으로 모였
던 아미파의 무승들이 재빨리 몸을 날린다. 일단 자신들의
장문인이 무사하다는 것을 확인했기에, 다들 일사불란하게
명령을 수행한다.

그 모습을 본 다른 세력의 무인들이 노기를 띠며 외쳤다.

"지금 무림맹 내에 또 다른 분란을 만들겠다는 말씀입니
까!"

"아미파 장문인께서 무사하다고, 다른 장문인들의 안위
를 걱정하는 우리 입장을 무시하려 하시오!"

하지만 원광은 요지부동이다.

"맹주의 명이라 하지 않았소! 누구도 의천각 안으로는
들어올 수 없소!"

그때였다.

"크억!"

요란한 비명이 울려 퍼졌다. 사람들의 시선이 동시에 소
리가 들린 곳, 의천각의 지붕을 쳐다보았다.

"네, 네놈이 감히!"

신음을 지르며 절규하는 이는, 다름 아닌 백무결이었다.

상황은 명백했다. 백무결의 앞섶이 붉게 물들어 있었고, 담기령의 손에 들린 대도 또한 피로 물들어 있었다.

"무, 문주님!"

기겁을 한 하세견이 큰 소리로 외치며 의천각의 담장을 따라 몸을 날렸다. 그 순간, 담기령의 목소리가 쩌렁쩌렁 울렸다.

"나는 자네가 나와 같은 길을 가리라 생각했네. 하지만 이제 보니 전혀 다른 길을 걷는 사람이었군. 그렇다면 내가 깨끗하게 보내 주겠네."

"머, 멈춰!"

담장을 따라 달리던 하세견이 절규를 터트린다. 하지만 매정한 담기령의 대도는 싸늘한 궤적을 그리고 있었다.

"컥!"

짧은 단말마의 비명과 함께 비틀거리던 백무결의 신형이, 아까 자신들이 뚫고 올라왔던 지붕의 구멍으로 떨어져 내렸다.

쿠우웅!

모골이 송연해지는 충격음에 의천각 앞에 모인 이들이 동시에 입을 닫았다.

"네, 네놈이 감히!"

하세견이 의천각 담장을 타고 뛰어오르려는 찰나, 담기령의 신형이 의천각의 지붕 끄트머리를 박차고 허공을 날았다.

"서라!"

버럭 소리를 지른 하세견이, 훌쩍 도약해 다른 건물의 지붕으로 몸을 날리는 담기령의 신형을 쫓았다.

그와 동시에, 의천각 앞에 모여 있던 이들 중 한 사람이 큰 소리로 외쳤다.

"흉적을 잡아라!"

모든 이들이 이미 담기령이 자신들의 장문인 또한 가주를 죽였다는 이야기를 언뜻 들은 상황이었다. 그렇지 않아도 안으로 들어가는 것을 막는 원광의 행농에 속이 끓을 내로 끓어오른 상황. 그렇게 쌓인 노기가 한꺼번에 담기령을 향해 폭발한다.

"살수를 잡아라!"

"와아아!"

짧은 시간이지만 격렬함으로 인해 잔뜩 쌓여 있던 감정이 한꺼번에 담기령에 대한 살의로 터져 버린 상황.

"흉수가 달아난다!"

"막아라!"

지붕 사이를 뛰어넘으며 질주하는 담기령의 방향을 확인한 누군가가 외쳤다. 그 말대로 담기령이 향하고 있는 방향은, 무림맹 외곽으로 향하는 가장 짧은 경로.

"후우, 후웁!"

담기령은 짧은 호흡을 가다듬으며 다급하게 경공을 펼쳤다.

콰자자작!

발밑으로 기와가 쪼개지는 소리가 쉴 새 없이 울려 퍼졌다.

그렇게 지붕과 지붕을 뛰어넘으며 건물을 다섯 개 정도 뛰어넘은 순간이었다.

"서라!"

갑자기 앞쪽에서 호통과 함께 다섯 개의 신형이 불쑥 솟아올랐다.

'이제부터가 진짜!'

달려오는 이들 중에는 도사와 중, 속인이 섞여 있었다. 한 문파의 인물이 아니라 어쩌다 보니 각 문파의 사람들이 담기령의 앞을 막아선 것이었다.

"멈춰라, 이놈!"

그중 도사 하나가 날렵하게 보법을 밟으며 담기령의 측면으로 예리하게 파고들었다.

쉬우욱!

호쾌하면서도 날카로운 선을 그으며 파고드는 한 자루 장검.

'화산이군!'

18

담기령은 일전에 백곡산 전투에서 보았던 장이천의 매화검을 떠올리며, 지금 달려든 도사의 사문을 파악했다.

따다당!

요란한 쇳소리가 울려 퍼지는 순간, 도사의 매화검이 격하게 튕겨 나왔다.

"컥!"

화산파 제자는 팔황불괴공의 완벽한 방어를 뚫기 못하고, 반발력에 오히려 중심을 잃고 비틀거린다. 그와 동시에 담기령의 참월도가 허공을 갈랐다.

파앗!

"컥!"

날카로운 파찰음에 이어 화산파 제자가 비명을 지르며 그대로 주저앉았다.

"이놈이!"

다른 네 명의 무인들이 버럭 소리를 지르며 담기령을 향해 달려들었다. 하지만 그들 역시 담기령의 팔황불괴공을 뚫지 못했고, 팔황철굉도의 공격을 막지도 못했다.

"으아악!

비명과 동시에 남은 네 사람이 사방으로 흩어지며 쓰러진다.

그사이 담기령의 신형은 또 건너편의 지붕을 향해 도약하고 있었다.

"괘, 괜찮소이까?"

화산파 제자가 비스듬한 지붕에서 굴러 떨어지지 않기 위해 몸을 바짝 엎드린 채 물었다.

"부상을 입기는 했지만 심각하지는 않습니다."

"크윽!"

다른 이들 역시 지붕의 경사에 미끄러지지 않기 위해 안간힘을 쓰며 서로의 안위를 살핀다. 담기령이 급하게 도망치던 중이라 그런지, 모두들 부상을 입기는 했지만 위중한 상태는 아니었다.

다섯 사람의 시선이 동시에 담기령이 달아난 방향으로 향했다.

담기령은 여전히 지붕 사이를 뛰어넘으며 무림맹을 벗어나려 하고 있었고, 요란한 함성이 그 뒤를 쫓고 있었다.

"어서 비키시오!"

소림사 나한당 수좌 현광의 목소리는 노기가 가득했다. 평소 불제자로서, 그리고 소림의 고승으로 보여 주던 온화한 모습은 도저히 찾아볼 수가 없었다.

현광의 속마음이 그대로 표출된 모습이었다.

하지만 의천각으로 들어서는 문을 막아선 원광은 요지부동 움직일 기미가 보이지 않는다.

"정녕 이리 나오신다면, 나 역시 얌전히 말로만 요구하

20

지 않을 것이오!"

버럭 소리를 지르는 현광의 얼굴은 정말 말 그대로 조급하기 짝이 없었다.

'방장 사형이 어찌 된 것이란 말인가!'

의천각 지붕 위에서 담기령과 백무결이 싸움을 시작하는 순간, 뭔가 일이 잘못됐다는 걸 알았다.

그리고 급한 마음에 의천각으로 달려오는 도중에, 담기령과 백무결의 설전을 듣고는 심장이 철렁 내려앉는 기분이었다.

그렇게 급히 찾아왔는데, 아미파 장문인 원광이 앞을 막아서니 그 마음이 오죽 조급하겠는가. 문을 막아서는 것만이 아니라, 몰려온 아미파 제자들에게 명령을 내려 의천각을 완전히 에워싸고 출입을 막아 버렸다.

그때 비명과 함께 지붕 위의 혈전에 변화가 생겼다.

반사적으로 고개를 들어 올린 현광의 눈에 비친 것은, 비틀거리는 백무결과 그 앞에 피가 묻은 대도를 든 담기령의 모습이었다.

비틀거리는 백무결을 향해 다가가며 담기령이 말했다.

"나는 자네가 나와 같은 길을 가리라 생각했네. 하지만 이제 보니 전혀 다른 길을 걷는 사람이었군. 그렇다면 내가 깨끗하게 보내 주겠네."

동시에 담기령의 칼이 움직이는가 싶더니, 백무결의 모

습이 지붕에 난 구멍으로 사라졌다.

'배, 백 문주가!'

기겁을 하며 그 광경을 바라보는 순간, 누군가의 외침이 들렸다.

"흉적을 잡아라!"

동시에 사람들이 집단으로 최면이라도 걸린 듯, 한꺼번에 달아나는 담기령을 쫓기 시작했다.

현광 역시 마찬가지.

'저, 저놈이 방장 사형을!'

이미 마음속으로는 현산이 담기령에 의해 죽은 것이 기정사실인 것 같은 느낌이었다. 그렇지 않았다면 원광이 저리 사람들을 막는 것도 이상했고, 담기령과 백무결이 저리 싸우지도 않았으리라.

"서라, 이 간적!"

현광 역시 버럭 소리를 질렀다. 동시에 두 발에 힘을 주며 담기령이 사라진 건물의 지붕으로 뛰어오르려는 찰나였다.

—멈추게나, 사제!

갑자기 귓속으로 가느다란 목소리가 새어 들어왔다. 순간 현광이 벼락이라도 맞은 듯 몸을 부르르 떨며 그 자리에 굳은 듯 멈춰 섰다.

세상천지를 다 훑어도 현광 자신을 '사제'라 칭할 수 있는 사람은 오직 한 사람밖에 없었다.

'현산 사형!'

담기령과 백무결의 설전에서 마치 죽은 것처럼 언급되었던 소림사의 방장이자 자신의 유일한 사형인 현산의 목소리였다.

현광은 침착하게 주변을 살폈다. 긴 시간 소림 나한당의 수좌로 있었음은 물론 노강호로서의 경륜이 그를 신중하게 만들었다.

지금 의천각 앞에는 다른 문파도 마찬가지기만, 방장의 안위를 걱정하는 소림사 제자들도 잔뜩 몰려온 상황이었다. 그런 때에 모습을 드러내 무사함을 알려 제자들의 걱정을 덜어 주지 않고, 전음으로 자신을 부른 데는 그럴 만한 이유가 있는 거라 판단한 것이었다.

'어, 어디에?'

전음은, 그것을 전할 상대의 위치를 정확히 알아야만 보낼 수 있었다.

하지만 현산의 목소리는 그것마저도 막았다.

—두리번거리지 말고 듣기만 하게.

흠칫 놀라 동작을 멈춘 현광이 천천히 고개를 끄덕이자, 현산의 전음이 이어졌다.

—사람들의 눈을 피해 의천각 뒤쪽에 있는 해무각의 정당으로 들어오게. 안내해 주는 사람이 기다리고 있으니,

그를 따라오게.

현광이 고개를 끄덕이자 강조를 하듯 현산의 전음이 한 번 더 이어졌다.

—혼자서만 오게. 아무에게도 알려서는 안 되네.

'무슨 일을 꾸미고 있는 거지?'

현 상황에서는 그런 추측 외에는 다른 것이 없었다. 그리고 뒤이어 떠오르는 또 한 가지의 의문은, 이런 정도로 혼란스러운 상황을 만들면서까지 꾸며야 하는 일이 도대체 무엇이란 말인가.

어쨌든 명을 받았으니 명 대로 움직여야 했다. 현광은 주변을 살핀 후, 슬쩍 뒷걸음질 쳐 현산이 말한 숭무각을 향해 움직였다.

해무각은 무림맹 내부에서 마도, 혹은 사도의 무공을 연구하고 그것을 파훼할 방법을 논의하는 곳이었다. 그러다 보니 평소 상주하는 사람이라고는, 청소를 하는 하인들 몇 명과 입구를 지키는 무인 몇 명밖에 없었다.

현광은 재빨리 발을 움직여 해무각의 담장을 따라 해무각 장원 측면으로 돌아 담을 뛰어넘었다.

역시나 담장 안쪽에는 사람의 그림자는 보이지 않았다. 정문 쪽으로 시선을 돌려, 문이 닫혀 있는 것을 확인한 현광이 조심스레 정당의 문을 열고 안으로 들어갔다.

"오셨습니까?"

무림
영주

안에서 현광을 맞이한 사람은 다름 아닌 관명각 부각주 구여상이었다. 그의 얼굴을 확인한 현광이 가장 시급한 것부터 물었다.

"구 부각주, 맹주님께서는 무사하신 게 맞소이까?"

구여상이 급히 고개를 끄덕이며 한층 작은 목소리로 말했다.

"무사하십니다. 그러니 얼른 저를 따라오십시오."

말을 마친 구여상이 몸을 돌려 허리를 굽히더니 무언가를 들어 올린다.

"음?"

구여상의 손을 따라 마룻바닥이 네모나게 들어 올리더니, 이내 지하로 향하는 구멍이 드러났다.

"이런 곳에 비밀 통로가 있단 말이오?"

현광의 물음에 구여상이 통로 안쪽에 걸친 사다리를 타고 내려가며 말했다.

"저도 오늘 처음 알았습니다. 따라오십시오. 아, 문을 닫는 건 잊으시면 안 됩니다."

구여상의 말대로 통로 안으로 들어서며 문을 닫고 내려가니, 아래쪽에서 구여상이 횃불을 들고 기다리고 있었다.

구여상이 횃불을 들고 앞서 걸으며 입을 열었다.

"무림맹은, 무림에 큰 환란이 생겼을 때 정파의 중추가 되는 곳입니다. 그래서 무림맹의 중요 건물에는 만약을 대비한 비밀 통로가 만들어져 있다더군요. 이 통로 또한 다른 몇 군데 건물에 만들어져 있는 비밀 통로와 만나 무림맹 외부로 나갈 수 있는 길이 뚫려져 있다고 합니다."

"흐음……. 그럼 우리는 지금 무림맹 밖으로 나가는 것이오?"

"아닙니다. 일단은 의천각으로 갑니다."

통로는 중간에 몇 번 갈림길이 나왔지만, 구여상은 머릿속에 복잡한 통로를 다 외우고 있다는 듯 거침없이 길을 찾아 움직였다.

그렇게 몇 번 모퉁이를 돌자 다시 막다른 통로가 나오고, 사다리가 보였다.

"다 왔습니다."

그렇게 말한 구여상이, 손에 들고 있던 횃불을 통로 벽에 꽂고는 사다리를 타고 올라갔다.

통로 밖으로 나선 현광이 급히 주변을 훑었다. 그리고 찾던 얼굴을 확인한 후에야 혹시나 하는 불안을 내려놓으며 안도의 한숨을 내쉬었다.

"후우, 방장 사형 무사하셨군요."

"미안하네, 상황이 급해 어쩔 수 없이 이런 일을 꾸몄으이."

현산이 합장을 하며 하는 말에, 현광 또한 합장으로 인사를 받으며 말했다.

"무사하신 것만으로도 다행입니다. 그런데……."

뒤늦게 정신을 차린 현광이 다시 한 번 주변을 살폈다.

살해당했다던 대부분의 장문인들이 멀쩡하게 자리에 앉아 자신을 지켜보고 있었다. 게다가 아까 죽은 것처럼 보였던 백무결까지도 조용히 앉아 자신을 지켜보고 있었다.

"도대체 이게 어찌 된 일입니까? 얼마나 대단한 일이 있기에, 이렇게 무시무시한 거짓말이 필요한 것입니까?"

현광의 말에 현산이 빙긋이 웃으며 말했다.

"아직 와야 할 사람들이 더 있으니 잠시 기다리시게나. 모두 모이면 이야기를 시작하겠네."

"흐음……."

현광이 불안한 표정으로 옅은 신음을 흘렸다. 하지만 재촉한다고 답을 알 수 있을 것 같지도 않았기에 고개를 끄덕이고는, 현산의 옆으로 가 자리를 잡고 앉았다.

"장문 사형, 이게 무슨 짓입니까!"

비밀 통로를 얼굴을 내밀다 찾던 얼굴을 확인하고는 버럭 소리를 지른 이는 화산파의 운오자였다. 평소 다혈질에 성격이 급한 탓에, 상황이 뭔가 묘하다는 걸 알면서도 일단 성질부터 내 버린 것이었다.

운오자가 소리를 지른 대상은 다름 아닌 자신의 장문인인 운허자였다.

"어허, 목소리 낮추시게!"

운허자가 황급히 주변의 눈치를 살핀 후, 손짓으로 운오자를 불렀다.

"일단 나와서 이야기하세."

"흠, 무슨 일을 꾸미는 건지는 모르지만 이거 정말 너무하는 거 아닙니까?"

밖에서 들었던 장문인들의 죽음 어쩌고 하는 얘기와 달리, 의천각에 있는 장문인들은 대부분 멀쩡한 모습이었다. 사실 그 때문에 더욱 화가 치민 부분도 있었다.

운오자가 들어오고, 비밀 통로의 문이 닫히자 맹주인 현산이 일어나 말했다.

"이제 오실 분은 다 오신 듯하니 설명을 드리겠습니다. 궁금할 텐데도 기다려 주셔서 감사합니다."

현산의 말에 운오자가 또 한 번 울컥한 표정을 짓는다. 저 말대로라면, 자신을 가장 늦게 부른 것이었다. 왠지 무시를 당한 것 같은 기분. 하지만 운허자의 말이 있었기에 애써 끓는 속을 내리눌렀다.

그사이 구여상이 자리에서 일어섰다.

"우선 밖에서 들으셨을 이야기. 즉, 담기령 가주가 장문인들을 살해했다는 이야기는 두 눈으로 확인하신 바와 같이 거짓입니다. 그에 대해서는 어쩔 수 없는 이유가 있었으니, 양해해 주시기 바랍니다. 하지만 지금 여기 의천각에

비는 자리가 있기는 합니다."

구여상의 말에 가장 먼저 불려 왔던 소림사의 현광이 조심스레 입을 열었다.

"구 거사의 말대로 청성, 공동, 점창 세 문파의 장문인들이 보이지가 않습니다."

실은 운오자가 들어온 후부터 품고 있던 의문이었다. 세명의 장문인이 보이지 않는 것도 그렇지만, 그 세 문파에서는 아무도 불려 오지 않은 것 같은데 이야기를 시작한다니 이상하게 여길 수밖에

그에 대해 구여상이 고개를 끄덕이며 답을 해 주었다.

"그들 세 사람은, 아니, 그 세 문파는 이번 일에 함께할 수 없기 때문입니다."

이번에는 마지막으로 도착한 운오자가 궁금증을 참지 못하고 물었다.

"대체 무슨 일이기에 그리 뜸을 들이시는 거요? 속 시원하게 빨리 설명을 좀 하시오."

"어허, 운오 사제!"

역시나 이번에도 운허의 주의가 뒤따르고, 구여상이 피식 웃은 후 말했다.

"가장 먼저 말씀드릴 것은, 앞으로 한동안 여기 있는 구파와 사대세가…… 아, 아니군요. 세 개 문파가 빠졌으니 육파와 사대세가는 당분간 외해오적토벌군에 종군하게 된

다는 것입니다."

"갑자기 그게 무슨!"

여기저기서 당혹스러운 외침이 터져 나왔다. 하지만 구여상은 더 이상 자신의 말이 끊어지는 것을 원치 않았다.

"궁금한 내용은 나중에 차차 알려 드리겠습니다. 일단은 제 이야기를 들어 주십시오."

"아니, 그래도 알아들을 수 있게 이야기는 해 주고 넘어가야 되지 않소!"

운오자가 납득할 수 없다는 듯 한마디 더해 보지만, 구여상은 생각을 바꾸지 않았다.

"듣다 보면 이해가 될 것입니다. 그리고 더 이상은 제 말을 끊지 마십시오."

단호하게 말하는 구여상의 기세에, 운오자가 소태라도 씹은 듯 인상을 찡그렸지만 더 이상 말을 하지는 않았다.

"우선 외해오적토벌군에 대해 설명을 드리겠습니다. 이름에서 이미 짐작을 하셨겠지만, 바다 밖에 대거 군세를 모으고 있는 역적을 토벌하기 위해 비밀스럽게 조직된 토벌군입니다. 그리고 다들 궁금해하셨던 청성, 공동, 점창 세 문파는 문제의 그 역적들과 손을 잡은 역적들입니다."

"그, 그게 무슨 말도 안 되는 소리요!"

"무림맹에 역적들이 있었다는 말을 믿으라는 것이오?"

너무나 충격적인 이야기에 여기저기서 경악성이 터져 나

왔다. 하지만 구여상은 더 이상 대꾸할 생각이 없는 듯 자신의 이야기만을 이어 갔다.

"꽤 긴 시간 무림맹에서 유황의 밀거래에 대해 추적을 해 왔던 것을 기억하실 겁니다. 또한, 그 일과 관련하여 무림맹 내부에 그 일과 관련이 있는 자들이 있으리라는 추측도 했었지요. 그 유황의 밀거래가 역적들이 벌인 짓 중 하나였고, 그 일과 관련되어 있는 이들이 바로 청성, 공동, 점창 세 문파였던 것입니다."

숨을 쉴 틈도 없이 빠르게 쏟아 내는 구여상의 설명에, 결국 모두들 입을 꾹 다물었다. 믿을 수 없는 이야기였지만, 그렇지 않고서는 거짓으로 죽음을 이야기할 정도로 큰일을 벌인 것이 말이 되지 않는다.

"지금 이 일은 그 간세들의 눈을 속이기 위한 것입니다. 세 문파의 장문인들은 생포하였지만, 각 문파에 그들과 동조하고 있는 이들이 있다고 판단하였기에 이렇게 비밀스럽게 움직인 것입니다. 다들 서하문 백무결 문주가 무사한 것을 보고 짐작하셨겠지만, 담기령 가주와의 일은 거짓 정보를 풀기 위한 기만이었습니다. 문제의 세 장문인이 실종된 상황을 그럴싸하게 설명할 필요가 있었고, 다른 장문인들의 죽음을 가장함으로써 그 속에 세 사람의 실종을 묻어 두는 방법을 생각해 낸 것입니다."

"흥!"

갑작스러운 코웃음에 설명을 하던 구여상은 물론, 의천 각 안에 모인 모든 이들의 시선이 한 곳으로 집중되었다.

시선이 쏠린 곳에는 두 사람이 앉아 있었다. 그중 한 사람은 백무결이었고, 다른 한 사람은 서하문의 부문주인 하세견이었다.

함께 일을 꾸민 백무결이 그랬을 리는 없으니, 결국 방금 전의 그 소리는 하세견이 낸 것이었다.

"뭐 마음에 안 드는 부분이라도 있습니까?"

구여상이 살짝 기분이 상한 표정으로 물었다. 하세견이 반응에는 누가 들어도 노골적인 비아냥거림이 깃들어 있었다.

하세견이 피식 웃으며 고개를 젓는다.

"그럴 리가 있겠습니까?"

"그게 아닌 것 같습니다만?"

"단지 담 가주의 방식은 예나 지금이나 조금도 변하지 않은 것 같아서 그러는 것뿐입니다."

"그게 무슨 말씀이십니까?"

그때였다.

퉁퉁!

갑자기 바닥에서 울리는 소리에 모두가 흠칫 몸을 일으켰다. 비밀 통로로 통하는 바닥의 문에서 난 소리였다. 그때 백무결이 뭔가 기억이 난 듯 말했다.

"기령이가 온 모양입니다."

그리고 그에 대한 대답인지, 비밀 통로 아래에서 담기령의 목소리가 들렸다.

"생각보다 오래 걸렸습니다."

담기령의 목소리를 확인한 백무결이 통로를 덮은 덮개를 들어 올렸고, 담기령이 불쑥 머리를 내밀었다.

"역시 무림맹이군요. 떨쳐 내느라 애먹었습니다."

통로에서 몸을 빼며 하는 말에도 다들 입을 꾹 다물었다. 담기령이 소리를 낸 시간으로 보건데, 하세견이 했던 말을 들은 거라 생각했던 것이다.

아니나 다를까 담기령이 하세견을 향해 말했다.

"서하문 부문주께서는 생각하는 관점도 그렇고 여러모로 저와 참 상성이 안 맞으시지요."

하세견도 지지 않고 담기령의 시선을 그대로 맞받으며 대답했다.

"제 생각에도 그런 것 같군요."

"뭐, 일일이 무엇이 마음에 들지 않는지는 말하지 않겠습니다. 하지만 이번 일에 동참하는 것은 서하문 문주의 결정입니다. 만약 불만이 있다면 백 문주와 상의해 결론을 내리십시오."

하세견과 담기령은, 복귀도 토벌 당시 이미 한 번 신각하게 갈등을 겪은 적이 있었다. 하세견의 입장에서는 담기령의 조금은 독선적이면서, 사람을 떠보는 듯이 일을 처리하는 것이 마음에 들지 않았을 터.

하지만 그건 어디까지나 하세견의 사견일 뿐이었다. 어쨌든 문주가 결정을 한 일을, 부문주인 자신이 이제 와서되니 안 되니 하는 것은 서하문의 입지를 생각해도 좋지 않았다.

"굳이 제 사견을 가지고 문주님의 결정을 번복하고 싶은마음은 없습니다."

어쩔 수 없는 부분이 있기는 했지만, 일단은 하세견이한발 물러선다. 담기령이 구여상에게 시선을 돌리며 말했다.

"하던 말씀마저 하십시오."

담기령의 말에 구여상이 고개를 끄덕이며 설명을 이어갔다. 외해오적토벌군의 총병관이 담기령이라는 것과 각장문인들과 세가의 가주들이 부총병의 자격으로 토벌군에참가한다는 내용 등이 이어졌다.

모든 설명을 끝낸 구여상이 담기령을 향해 말했다.

"이제 총병관께서 설명을 해 주십시오."

담기령이 고개를 끄덕이며 구여상이 서 있던 위치로 향했다.

"우선 제가 말씀드리지 못한 사안이 하나 있습니다. 저도 절강무련에서 받은 연락입니다만, 얼마 전 절강성 천태산에 갑작스러운 산적 무리가 출몰을 했다고 합니다. 뭐, 산적이 나타난 게 어떠냐고 생각하실 분도 있겠지만, 원래 천태산은 산적들이 자리를 잡기에 좋지 않은 곳입니다. 그래서 절강무련에서는 따로 조사를 해 보았고, 그 결과 꽤 심각한 상황을 접하게 되었습니다."

담기령은 오왕부로부터 전해 받은 내용을 모여 있는 이들에게 차근차근 풀어 설명을 해 주었다. 이야기를 모두 들은 제갈무산이 급히 물었다.

"그 말은 지금 중원 곳곳에서 비슷한 일이 벌어지고 있을 가능성이 있다는 말씀이오?"

"그렇습니다. 천태산에 나타났던 산적을 통해 알게 된 정황은 중원 전역에서 일어나고 있는 일의 극히 일부분이라는 게 저의 생각입니다."

"흐음……."

모두들 표정이 심각하게 변했다. 그렇지 않아도 거대한 적의 출현에 마음이 편치가 않았는데, 자신들이 알지도 못하는 사이에 역적들이 그 정도로 거대한 세력을 구축하고 있었고, 지금 그 병력을 중원 곳곳에 배치하고 있다 하니 상황이 더욱 심각하게 느껴지는 것이었다.

"일단 청성, 공동, 점창의 세 장문인은 제가 데리고 가 태자 전하께 신병을 넘기겠습니다. 그 이후의 상황은 아까 짠 계획대로 무림맹에서 잘 진행해 주십시오."

"알겠습니다, 총병관."

고개를 끄덕이던 현산이 갑자기 생각난 듯 담기령에게
말했다.

"그러고 보니 아까 따로 할 이야기가 있다 하지 않았습
니까?"

"그렇습니다. 따로 자리를 만들었으면 하는데……."

잠시 말꼬리를 흐린 담기령이, 남궁호천을 향해 물었다.

"남궁 가주님, 결례가 되지 않는다면 아까 썼던 각주님
의 집무실에서 따로 저 세 분과 이야기를 나눠도 괜찮겠습
니까?"

평소였다면 절대 있을 수 없는 일이었지만, 지금은 상황
이 조금 달랐다. 게다가 남궁세가는 원래 담씨세가와 긴밀
한 관계이기도 했기에 남궁호천은 흔쾌히 고개를 끄덕였다.

"그러시오."

"감사합니다."

인사를 한 담기령이 몸을 일으키려다 멈칫하며 무당파
장문인 을헌자를 향해 말했다.

"아차, 다른 두 분께는 말씀을 드렸는데 을헌 진인께는
말씀을 안 드렸군요. 긴히 드릴 말씀이 있는데 시간을 좀
내주시겠습니까?"

상황이 꽤 급하게 흐르다 보니 미처 을헌자에게는 말
을 하지 않았던 것이다. 을헌자가 멈칫하며 고개를 갸웃

거렸다.

"무슨 이야기를……."

"여기서는 말씀드리기가 힘들군요."

"흐음……."

을헌자는 괜히 불안한 느낌을 받았지만, 이미 현산과 운허가 몸을 일으키고 있는 상황이었기에 일단은 고개를 끄덕였다.

"시간이 그리 많지 않으니 단도직입적으로 말씀을 드리겠습니다."

담기령의 말에 세 사람이 떨떠름한 표정으로 고개를 끄덕였다. 뭐 그리 대단한 이야기를 하려고 이렇게 사람을 따로 불러 모은 건지 조금 불쾌한 기분도 품고 있었다.

"지공, 청운, 공도."

순간 세 사람의 얼굴이 동시에 딱딱하게 굳었다. 담기령의 입에서 나온 것은 도사나 중의 법명이었고, 세 사람은 각자 하나씩의 이름만 알아들은 상황이었다.

하지만 그 이름이 다른 사람의 입에서 나온 것만으로도 모골이 송연해질 정도였다.

딱딱하게 굳어 있는 세 사람을 향해 담기령이 말을 이었다.

"하나씩 아는 이름이 있으리라 생각합니다. 그리고 세

분은 아셔야 하지만, 다른 문파 사람들은 알아서는 안 된다고 여겼기에 따로 대화를 청한 것입니다."

"아미타불······."

현산이 저도 모르게 불호를 외며 놀란 가슴을 애써 추슬렀다.

"이번에 제가 무림맹으로 올라오는 길에 만난 산적들이나 흑도 세력들을 무너트리며 올라왔다는 건 세 분도 아실 것입니다. 그런데 그 도중에 한 산적 무리를 만났는데 이해할 수 없는 장면을 보았습니다. 산적들의 우두머리인 세 사람이 각자 나한장, 매화검, 태극검을 들고 있더란 말이지요."

현산, 운허자, 을헌자 세 사람의 안색이 급기야 누렇게 뜨기 시작했다.

담기령이 말한 세 개의 이름은 다름 아닌 백곡산 산채의 주인인 왕일천, 장이천, 백삼천 세 사람의 원래 이름이었다.

왕일천은 본래 지공이라는 법명의 소림 나한승이었으나, 몰래 산을 내려가 민가의 여인들을 겁탈하고 죽이기를 일삼았다. 하지만 꼬리가 길면 밟히는 법이라, 결국 그의 행적을 의심하던 한 동문에게 발각당하는 바람에 그대로 몸을 빼 달아났었다.

장이천 또한 청운이라는 법명의 화산파 도사로, 화산 내부에서 가장 촉망받는 제자인 매화검수까지 되었었으나 경쟁을 하던 사형을 독살한 죄를 지었다.

마지막으로 백삼천은, 말 그대로 피에 굶주린 살귀였다. 그 역시 과거에는 무당파의 공도라는 도명의 도사였다. 열다섯 무렵부터 속에서 끓어오르는 살인에 대한 욕구를 산에 있는 산짐승들을 죽이는 것으로 풀어 오던 그는, 스무살이 되었을 때 동문들과 함께 산을 나섰다가 결국 그 욕구를 참지 못하고 인근 마을의 양민 쉰 명을 도륙했다. 하지만 조심성이 없던 탓에 결국 발각되었고, 파문이 결정된 상태에서 동문들까지 살해하고 달아난 인물이었다.

"흐음……."

세 사람의 입에서 동시에 신음이 새어 나왔다. 세 사람은 담기령이 말한 이름들 중 하나만 알고 있을 뿐이었지만, 서로의 반응으로 무슨 상황인지는 충분히 파악할 수가 있었다.

만일 이 사실이 외부로 새어 나간다면, 긴 세월 정파 무림의 종주를 자처했던 소림, 무당, 화산의 명성에 크게 흠이 생길 게 분명했다.

물론, 그 정도 일로 세 문파의 입지가 흔들리지는 않는다. 하지만 긴 세월 그런 작은 일들이 겹치다 보면 결국 나중에는 중심이 흔들릴 수도 있었다.

그렇기에 구파나 사대세가는 사문의 제자들이나 식솔들

을 다른 곳 보다 훨씬 철저하게 단속하는 것이었다.

주르륵 흘러내리는 땀을 훔치고 있는 세 장문인을 향해 담기령이 말했다.

"그 세 사람의 신병을 각자의 문파로 보내 드리겠습니다."

그 말에 세 사람의 얼굴에 약간은 안도의 표정이 떠올랐다.

하지만 마냥 안심할 상황이 아니라는 것 또한 알고 있었다. 어찌 됐든 담기령은 알려져서는 안 될 비밀을 알고 있었다. 게다가 이렇게 순순히 보내 준다는 게 오히려 더 이상한 일이었다. 그런 이유로 세 사람의 얼굴에 또 다른 불안감이 떠오르는 찰나, 담기령이 입을 열었다.

"하지만 급하게 무림맹으로 오던 길이라 그 세 사람을 이끌고 움직이기 힘든 부분이 있었습니다. 또한, 그들 세 사람을 데리고 무림맹으로 올 경우 세 장문인들께서 곤란해질 수도 있었지요. 해서 현재는 그들 세 사람의 신병을 절강의 담씨세가로 보내 놓은 상태입니다."

역시 세 장문인의 예상대로 담기령은 순순히 세 명의 죄인들을 돌려보낼 마음이 없었다. 구실이야 그럴싸하지만, 호광성에서 절강성으로 사람을 보내는 것이 오히려 더 번거롭고 힘든 일이었다.

그런데도 그렇게 했다는 것은, 문제의 세 사람이 소림,

무당, 화산을 압박하기 위한 일종의 볼모인 셈이었다.

"그리고 지금은 상황 또한 다급하니, 토벌이 끝난 후에 신병을 인도하는 것이 좋겠다고 생각합니다. 너무 걱정하지 마십시오. 제가 그리 입이 가벼운 사람은 아닙니다. 절대 외부에 발설하지 않을 테니 믿으셔도 좋습니다."

아주 편안한 얼굴로 말하는 담기령의 모습에, 세 장문인은 오히려 소름이 끼치는 느낌이었다. 결국 역적 토벌이 무사히 끝날 때까지 적극적으로 협조하라는 말이었다.

세 장문인이 언굴에 여전히 근심의 빛이 어려 있는 것을 본 담기령이 다시 한 번 강조했다.

"소림, 무당, 화산은 정파 무림의 종주가 아닙니까? 그런 곳을 적으로 돌려서 제가 얻을 게 뭐가 있다고 그런 말도 안 되는 짓을 하겠습니까? 그러니 걱정 마십시오."

하지만 세 장문인에게는 오히려 그 말이 더 무서운 말이었다.

밝혀져서는 안 될 비밀을 알고 있는 유일한 사람이 담기령이었다. 자신들이 조금만 나쁜 마음을 먹으면, 당장 담기령을 제거할 수도 있을 비밀이었다.

그런 위험한 상황임에도 담기령은 오히려 그것으로 자신들을 협박하고 있었다. 그만큼 대담하고 거침없는 성격이라는 뜻이었다.

게다가 하필이면 지금 담기령의 신분은 황제의 명을 받

은 토벌군의 총병관이었다. 함부로 건드리기도 애매했다.

그런 마음을 아는지 모르는지 담기령이 말을 잇는다.

"이렇게 말씀을 드린 이유는, 세 문파에서도 그들 세 사람을 찾고 있으리라 여겼기에 알려 드리는 것뿐이니 신경 쓰지 않으셔도 됩니다."

하지만 결국 협박을 하기 위해서라는 건 누구나 알 수 있는 상황이었다.

만약 다른 사람이 그런 식의 협박을 했다면 현산, 운허자, 을헌자 세 사람이 이리 긴장을 할 리가 없었다. 세상의 어느 누가 소림, 무당, 화산의 비밀을 폭로하며 죽으려 들겠는가.

하지만 지금 눈앞에 있는 이는 담기령이었다. 정확한 이유는 알 수 없었지만, 눈앞의 담기령이라면 충분히 그런 짓을 할 수도 있을 것이라는 확신에 가까운 느낌이 들었다.

그렇다면 할 수 있는 것은 한 가지.

가장 먼저 대답한 이는 소림의 현산이었다.

"아미타불, 폐사의 우환거리를 담 총병관께서 없애 주셨으니 이거 감사를 드려야 할 일인 것 같습니다. 그럼 총병관을 믿고, 토벌이 끝날 때까지 지공의 신변을 잠시 맡기도록 하겠습니다."

다른 선택권이 없었기에, 세 사람 중 가장 현실적인 현산이 먼저 대답을 한 것이었다. 운허자와 을헌자도 뒤이어

한 마디씩을 보탰다.

"일단은 토벌을 무사히 끝낼 수 있도록 해야겠군요."

"무림맹에서 이렇게 적극적으로 협조를 하는데 뭐 그리 힘들겠습니까?"

세 사람의 대답에 담기령이 빙긋이 웃으며 말했다.

"이해해 주셔서 감사합니다. 그럼 다시 의천각으로 가시지요."

담기령이 먼저 자리에서 일어서고, 세 장문인이 서로를 향해 안쓰러운 표정을 지으며 몸을 일으켰다.

2장
무림맹 추살령

"도주, 도주께서는 안에 계시느냐!"

거대한 대전 안, 문 앞에 시립해 있는 시녀에게 큰 소리로 외치는 이는 오왕도의 오행사령 임세헌이었다. 갑자기 달려와 버럭 소리를 지르는 모습에 당황한 시녀가 움찔 몸을 떠는 찰나, 문 안에서 주형천의 목소리가 들려왔다.

"오행사령인가? 들어오라."

"예, 도주님!"

임세헌이 안으로 들어서자마자 주형천이 물었다.

"무슨 일 때문에 그리 급한가?"

"큰일 났습니다."

"큰일이라니?"

"그, 그 절강성의 절강무련, 그리고 련주인 담기령에 대해서 기억하십니까?"

주형천이 불쾌한 표정으로 고개를 주억거렸다.

절강무련, 과거 처주무련이라는 이름으로 용산방의 이첨산을 쳤던 놈들이었다. 그 탓에 꽤 굵직한 유황 공급책 하나를 잃어버려 피해가 꽤 컸던 탓이었다.

그 이후에도 놈들 때문에 절강성에 왜구들이 움직이기가 힘들어, 섬의 재정에 꽤 큰 타격이 왔었다.

"기억하다마다. 그런데 그자를 왜 들먹이는가?"

"그 담기령에 대해 무림맹에서 추살령이 내려졌습니다."

"뭐?"

그 한마디에 주형천은 갑자기 머릿속이 복잡해졌다. 크게 명성을 떨친 자는 아니었지만, 절강성 왜구 문제를 해결한 것으로 인해 무림에서의 평은 나름 괜찮다고 들었었다. 그런 자가 갑자기 왜 무림맹의 적으로 지목되었는지 이해가 되지 않는다.

하지만 무엇보다 이해가 안 되는 건, 무림맹에서 담기령에 대해 추살령을 내린 것이 왜 큰일인지 하는 부분이다.

그로 인해 절강무련이 무너진다면, 오왕도의 입장에서는 앓던 이가 빠진 셈이 아닌가 말이다.

임세헌이 곧장 이야기를 이었다.

"일전에 담기령 그자가 무림맹으로 향하는 중이라는 보

고를 드렸던 것을 기억하십니까?"

서두가 길어지는 듯했지만 주형천은 참을성 있게 고개를
끄덕였다.

"갑자기 무력시위를 하며 무림맹으로 향하고 있다고 했
지. 그리고 무림맹에서 그를 맞이했다는 이야기까지는 들
었다."

"예, 그렇게 무림맹에 들어간 담기령이 의천각 회의에
있던 장문인들 여섯을 살해하고 달아났답니다."

"뭐!"

주형천이 저도 모르게 실성을 흘린다. 하지만 정작 놀랄
이야기는 그 이후에 나왔다.

"그런데 그 살해된 이들 중에 모첨명과 목양 도사, 현기
도사 세 사람이 모두 포함되어 있다고 합니다."

"그게 무슨 말인가!"

이름이 거론된 세 사람은 오왕도의 협력자들이었다. 오
왕도의 계획 중 하나인 무림 장악의 중심이 바로 그들 세
사람의 문파였다. 그런데 이렇게 어처구니없는 부음을 들
었으니 놀랄 수밖에.

주형천이 기가 막힌 표정으로 급히 물었다.

"왜 그랬는지는 알려졌는가?"

"일단 외부에 알려진 얘기로는, 놈이 갑자기 소림의 현
산에게 달려들었다고 합니다."

"그런데?"

"갑작스러운 상황에서 화산의 운허 도사와 제갈세가의 제갈무산, 무당파 장문인 을헌 도사가 담기령의 앞을 막았다 합니다. 그런데 첫 번째 살해 시도가 무산되자 담기령이 급격히 흥분해 사방으로 암기를 날렸다고 합니다. 크지 않은 공간에 많은 사람이 모여 있다 보니 미처 다 피하지 못했고, 그 탓에 열 명이 암기에 맞았는데, 하필이면 그 암기에 독이 발라져 있었다 합니다."

"그 무슨!"

"그중 막강한 내공을 가지고 있는 현산, 을헌 도사, 남궁호천은 급히 혈도를 막고 공력으로 독을 밀어내 목숨을 건졌고, 사천당문의 가주인 당사경은 독에 대한 내성과 익히고 있는 독공으로 목숨을 건졌다 합니다. 하지만 곤륜의 우궁 도사, 운허 도사, 마침 그 자리에 있던 서하문주 백무결, 그리고 우리 쪽 세 사람은 죽었다 합니다."

까드드득!

주형천이 와락 인상을 구기며 이를 갈아붙였다. 어찌 하는 일마다 매번 오왕도의 앞을 가로막는지 이해가 되지 않는다. 게다가 일전의 일들은 어쨌든 절강 무림 내의 패권과 관련된 일이라도 생각할 수 있었지만 이번에는 갑자기 미친 짓을 벌여서 애꿎은 자신들에게 피해를 주니 기가 막힐 노릇이다.

"그래서 지금 무림맹은 어찌 움직이고 있는가?"

"그게 또 묘하게 돌아가고 있습니다."

"묘하게 돌아간다니?"

"구파와 사대세가 사이의 감정싸움으로 번졌습니다."

"왜?"

이해할 수 없는 이야기다. 일은 담기령이라는 미친놈이 저질렀는데, 왜 엉뚱하게 구파와 사대세가의 싸움으로 번진단 말인가.

"구파이 사천당문에 대한 시비로 시작했다고 합니다 독에 능통한 당사경이 독에 당한 사람들을 구할 수 있었음에도 구하지 않았다는 거지요."

"남궁호천은 내공으로 독을 밀어냈다고 하지 않았나?"

"그렇기는 합니다만, 사람의 감정이라는 게 그리 이성적으로만 움직이는 게 아니지 않습니까."

"그래서?"

"당연히 당사경은 그렇지 않다고 말했지만, 구파에서는 집요하게 물고 늘어졌습니다. 그러자 이번에는 사대세가에서 구파를 공격하기 시작했습니다. 애초에 담기령을 의천각 회의에 불러들이자고 한 건 구파 쪽이 아니냐고 말입니다."

이야기를 듣던 주형천이 그제야 뭔가 감을 잡은 듯 고개를 끄덕인 후 확인하듯 물었다.

"내공으로 독을 밀어내 목숨을 부지했다는 현산, 을헌, 남궁호천은 어떤 상황인가?"

"현산과 을헌은 독의 침투를 막기는 했지만, 독기가 워낙 강해 현재로서는 자리보전하고 있다 합니다. 적어도 두어 달은 요양을 해야만 독기를 완전히 몰아낼 수 있다 하더군요."

"당연히 남궁호천은 당사경의 도움으로 큰 문제가 없을 것이고?"

"예, 맞습니다. 그 직후에 구파에서 시비를 거는 바람에 당사경도 현산과 을헌이 당한 독에 대한 제독을 거부했다 합니다."

거기까지 들은 주형천은 방금 머릿속에 떠오른 생각에 확신을 품을 수 있었다.

"책임을 묻는 것은 핑계고, 결국은 주도권 싸움이군."

"그렇습니다."

신생문파인 서하문은 차치하더라도, 구파의 장문인이 다섯 명이나 죽었다.

물론 새로운 장문인이 나오고 오래지 않아 안정이 되기는 하겠지만 그 기간이 문제였다.

새롭게 장문인을 뽑아야 하는 문파들의 입장에서는, 자연스러운 수장의 교체가 아닌 상황이었다.

문파 내부적인 혼란은 당연한 일이고, 새로이 장문인을

뽑는 데 내부의 알력 다툼 또한 생길 수밖에 없을 터. 안정을 찾기는 해도 그때까지의 혼란은 피할 수 없게 된다.

엎친 데 덮친 격으로 구파의 수장이라 할 수 있는 소림과 무당의 두 장문인이 독으로 자리보전 중이었다. 구파의 입장에서는 쉬이 메꿀 수 없는 공백이 생긴 셈이다.

공백 기간 동안 구파의 힘은 약화될 수밖에 없고, 거꾸로 말하면 사대세가가 확실하게 무림맹의 주도권을 쥘 수 있는 기회였던 것이다.

"그리고 인채 서로 오가는 말이 허해지다가, 지금은 무림맹 총타 내에서도 완전히 경계를 그어 놓고 서로의 지역으로는 시선도 주지 않을 정도라 하더군요."

"흠……."

이야기를 듣고 있던 주형천의 표정이 어느새 차분하게 가라앉고 있었다. 가만히 생각해 보니 그리 나쁜 상황은 아닌 듯했던 것이다.

모첨명과 목양자, 현기자 세 사람은 어차피 거사가 끝나면 솥에 넣을 개들이었다.

그의 계획대로 무림의 힘까지 동원해 황위를 얻게 된다면, 무림의 힘이 그만큼 위험하다는 반증이 되기도 한다. 그런 위험한 세력을 가만히 둘 생각이 없었던 것이다.

그리고 지금 무림맹이 이렇게 혼란스러운 상황이라면, 어쩌면 전화위복의 기회를 잡을 수도 있을 듯했다.

"공동, 청성, 점창 세 문파의 다른 조력자들은?"

"현재 그들로부터 연락이 오기는 했습니다만, 차기 장문인 선출로 인해 내부의 알력다툼에 정신이 없는 듯했습니다."

각 문파의 장문인인 모첨명과 목양자, 현기자 세 사람을 포섭하면서 그 측근들을 가만히 두는 것은 멍청한 짓이다. 당연히 그 세 사람의 측근들을 포섭해 놓았었다.

다시 말해 공동파, 청성파, 점창파에는 아직 오왕도 쪽 사람들이 남아 있다는 뜻.

"시간 싸움이다."

주형천의 말에 임세헌도 무슨 뜻인지 이해를 했다는 듯 고개를 끄덕였다.

현재 구파에서 유일하게 건재한 상태인 문파는 아미파와 종남파.

하지만 아미파의 원광은 사람이 담백하고 권력에 관심이 없는 사람이었고, 종남파 장문인 우견보는 욕심이 많고 편협한 성격인 탓에 주변에 사람이 없는 데다 생각이 짧아 이런 상황에서는 욕심만 앞세우다 자멸할 게 빤했다.

다시 말해 어지러운 내부 상황을 재빨리 수습하고 무림맹에서 전면에 나설 수만 있다면 오히려 무림맹의 내의 패권을 쥐는 데 유리한 형국이라 할 수 있었다.

"세 문파의 조력자들에게 최대한의 지원을 해 주도록

하라."

"알겠습니다."

"시간은 얼마나 필요하겠는가?"

주형천의 물음에 임세헌이 잠시 고민을 한 후 답했다.

"아무리 길게 잡아도 보름 안에는 내부 정리가 끝나야 합니다."

구파는 그 긴 역사만큼이나 바탕이 탄탄하다. 갑자기 장문인이 죽는 경우, 차기 장문인이 될 후보가 한둘이 아니었다. 혼란은 당연한 일이고, 그 혼란한 와중에 새 장문인이 나오는 데는 아무리 짧게 잡아도 한 달의 시간이 필요했다.

그러니 오왕도는 보름 안에 점창, 청성, 공동 세 문파의 장문인 자리에 자기 사람들을 앉히고 재빨리 무림맹 내의 주도권을 잡도록 해야 하는 것이다.

"할 수 있는 최대한의 지원을 하라. 어느 정도의 손해나 내부 피해는 감수해도 좋다."

"예, 도주님!"

"그런데…… 무림맹 내부가 그 꼴이 났다면 절강성 담기령은 어찌 되는가?"

"그 일은 그 일대로 따로 돌아가고 있습니다. 장문인이 죽은 문파들이 절강성 담씨세가를 쳐 장문인의 복수를 하겠다고 제자들을 파견하려 한다고 합니다. 세가들 역시 죄를 묻기 위해 움직이려고 한답니다. 하지만 그 또한 묘한 것이 구파의 각 문파도 사대세가도 함께 움직이지 않고 모두 독자적으로 토벌대를 꾸리는 중입니다."

주형천이 더 고민할 필요도 없다는 듯, 피식 웃으며 말했다.

"담씨세가가 꽤 탐이 나는 모양이군. 사고를 친 놈이 생각보다 큰 세력을 갖고 있는 걸 보니 복수도 하고 절강성에 자기 세력도 만들려는 심산이야. 흠, 오히려 그렇게 파견된 제자들 사이에서 충돌이 일어날 가능성이 더 크지 않겠는가?"

"그럴 것 같습니다."

잠시 고민하던 주형천이 밖을 향해 말했다.

"좌군사령을 부르라!"

밖에서 대답과 함께 누군가 달려가는 소리가 들린다. 임세현이 주형천을 향해 물었다.

"좌군사령은 무슨 일로 부르시는 겁니까?"

"단순히 복수만이 아니라 이득이 걸려 있는 일이다. 구파와 사대세가 양대 세력만이 아니라 구파 내부적으로, 사대세가 내부적으로도 충돌이 일어날 가능성이 높다. 게다가 거기에 끼어 있는 제자들은 각 문파나 세가 내에서도 정예로 꼽히는 이들일 것이다. 그들이 서로 싸워 준다면 그 또한 고마운 일이 아니겠는가?"

"아!"

"오행사령은 점창, 공동, 청성 세 문파의 우리 사람들에게 연락을 보내 담씨세가로 향하는 토벌대에 자기 사람은 빼라고 일러라."

"묘책이십니다."

임세헌이 크게 고개를 끄덕였다. 각 문파의 주력 세력들이 서로 충돌하게 만들고, 그 와중에 오왕도의 좌군사에 속해 있는 전력들이 끼어들어 준다면 위협이 될 구파와 사대세가의 정예들을 미리 정리해 놓는 효과가 있었다.

거기에 점창, 공동, 청성 세 문파의 파견대가 큰 피해를 입는다면, 거기에 자기 사람을 넣지 않아 피해가 없는 조력자들은 자기들이 차기 장문인 자리에 오르는 데 더 큰 힘을 얻을 수 있었다.

"당장 움직이겠습니다!"

"아, 잠깐!"

"예?"

"담씨세가, 담기령의 움직임도 예의 주시하라. 놈이 무슨 이유로 그런 일을 벌였는지, 그리고 이후에 무슨 짓을 할지 알아야 한다."

"예, 도주님."

주형천의 얼굴에 드러난 극도의 경계심에 임세헌도 긴장한 표정으로 고개를 끄덕였다. 생각해 보면, 그동안 오왕도의 일을 끊임없이 방해해 온 담기령이었다. 이번 일이 무슨 의도였든, 오왕도에 불리하게 작용할 가능성이 있었다.

"이만 물러가겠습니다."

인사를 마친 임세헌이 급히 방을 나섰다.

"예상대로 움직이는군요."

"그렇기는 합니다만, 반응이 생각보다 훨씬 빠릅니다."

"차라리 우리로서는 잘된 일이 아니겠습니까?"

대화를 나누는 이는, 자리보전하고 있다고 알려진 소림의 현산과 무당의 을헌자, 그리고 사망한 것으로 알려진 화산의 운허자였다.

세 사람만이 아니다. 운허자와 함께 죽은 것으로 알려진 곤륜의 우궁자와 백무결은 물론, 아미의 원광, 종남 장문인 우견보에 첨예하게 대립하고 있다고 하는 사대세가의 주인들까지 모두 한 공간에 모여 있었다.

구파와 사대세가 중 빠진 이는, 간세로 밝혀져 담기령에게 끌려갔던 모첨명과 목양자, 현기자 세 사람밖에 없었다.

세 사람의 이야기에 모두가 함께 고개를 끄덕이는 찰나, 제갈무산이 고개를 저으며 말했다.

"낙관할 상황은 아닙니다."

뒤이어 구여상이 그 말에 동조하고 나선다.

"생각보다 빨리 일이 진행된다는 건, 예상대로 일이 흐르지 않는다는 뜻입니다."

두 사람의 말에, 처음 웃으며 얘기를 나눴던 세 사람이 머쓱한 표정으로 헛기침을 하며 슬쩍 시선을 돌린다. 그중 현산이 슬쩍 코를 문지르며 말했다.

"험험, 얼른 은신할 곳을 옮기는 것이 좋겠습니다."

아까부터 코끝에 짙은 냄새가 맴돌고 있는 것을 두고 하는 말이었다. 지금 좌중이 모여 있는 장소의 문제였다.

무림맹 총타가 자리한 곳은, 호광성 북부 형주부 이릉주 (夷陵州)의 형문산이었다. 그리고 지금 좌중이 모여 있는 곳은 이릉주 주도(州都) 서북쪽 외곽 홍등가 안에 자리한 기루의 지하 밀실이었다.

원래는 무림맹 비선에서 사용하던 은신처 중 하나였던 곳으로, 내외부의 눈을 속이기 위해 임시로 이곳에 몸을 숨기고 있는 중이었다.

자리한 이들 대부분이 무공의 깊이가 극의에 이르러 몸의 감각 또한 극도로 발달해 있는 상태다 보니, 지하 밀실 위쪽에서 들리는 갖가지 민망한 소리는 물론, 코끝을 자극하는 분 냄새가 고스란히 온몸으로 전해져 왔다. 그런데 대부분이 승려나 도사다 보니 보통 고역이 아니었던 것이다.

제갈무산이 저도 모르게 튀어나오려는 웃음을 억지로 삼키며 말했다.

"새롭게 은신할 장소를 물색 중이니 조금만 기다려 주십시오. 일단은 하던 이야기를 마저 하겠습니다."

"그러십시오. 좋지 않다는 게 무슨 뜻인지 설명을 좀 해 주시겠습니까?"

현산의 말에 제갈무산이 고개를 끄덕이며 입을 열었다.

"말씀드렸다시피, 예상 보다 빠른 반응이 나온다는 건 결국 예상을 벗어난 상황이라는 뜻입니다. 저들이 우리의 예상을 벗어났으니, 우리 또한 계획을 변경할 필요가 생기는 것이지요."

이런 일은 상대가 어떤 행동을 할지, 그리고 어느 정도의 시간이 걸리는지 염두에 두고 계획을 짠다. 그런데 거기에 소요되는 시간이 계획과 어긋났다는 것은, 결국 계획대로 일이 풀리지 않고 있다는 의미.

"알겠습니다. 그럼 우리는 어떻게 대처해야 합니까?"

현산의 물음에 구여상이 답했다.

"우리는 중간 단계를 건너뛰는 게 어떨까 싶습니다만?"

지금 벌어지고 있는 모든 일들은 담기령이 처음 내놓은 구상을 토대로 만들어진 계획에 의한 것이었다.

그날, 담기령이 자신이 누명을 쓰겠다고 이야기했던 그날 모든 계획이 만들어졌다.

그 시작은 당연히 담기령이 누명을 쓰는 것부터였다. 이 첫 번째 단계로 얻을 수 있는 효과는 세 가지였다.

담기령이 독을 이용해 장문인들을 살해한 누명을 쓰게 되면 모첨명, 목양자, 현기자 세 사람이 붙잡힌 사실을 다른 장문인들의 죽음에 덧씌워 숨길 수가 있었다. 간세들이 발각당하면 역적들은 자신 또한 발각당했다고 느끼고 흔적을 지워 버릴 가능성이 컸다. 담기령의 누명은 그것을 억제하는 효과가 있었다.

그로 인해 점창, 공동, 청성 세 문파의 다른 간세가 누구인지도 파악이 가능했다. 간세의 정체가 들통 난 게 아니라, 불운한 사고로 인해 사망한 것으로 인식하게 되면 해당 세 문파를 장악하려 드는 것은 당연한 수순이었기에 그 과정을 지켜보면 이번에 잡힌 간세들과 동조한 자가 누구인지 일목요연하게 드러날 것이기 때문이었다.

그리고 마지막으로 큰 그림을 토벌군이 먼저 그려 놓을 수 있다는 것도 담기령의 누명으로 얻을 수 있는 효과였다.

상황을 먼저 던져 줄 수 있으니, 역적들이 어떤 반응을 보일지 여러 관점으로 예측해 볼 수 있고, 각각의 상황에 맞는 계획을 미리 짜 놓을 수 있는 것이었다.

물론, 그로 인한 문제도 없는 것은 아니다. 다른 문파들에도 장문인이 죽었다고 알려야 하는 것이 가장 큰 문제였다. 장문인의 갑작스러운 사망은, 각 문파의 제자들에게 혼란을 줄 수밖에 없기 때문이다.

하지만 그것을 방지하자고 사실을 말할 수도 없었다. 비밀은 아는 사람이 많을수록 지켜지기 힘든 법인데다, 아군을 속여야 적을 속이는 게 가능한 일인 탓이다.

그런 이유로, 죽었다고 알려진 장문인들은 문파의 중추들만 따로 불러 이 사실을 알리고 혼란을 방지했다. 하지만 그 외의 제자들은 혼란스러울 수밖에 없었고, 그것을 가라 앉히는 것도 꽤 힘든 일이었다.

하지만 구파의 장문인이라는 자리는 그저 운이 좋아 앉을 수 있는 자리가 아니었다. 내부의 치열한 경쟁에서 이기고 올라가야만 차지할 수 있는 권좌였다. 각자 나름의 어려움이 있기는 했지만, 어느 정도 원만하게 상황을 수습하고 있었다.

"건너뛰자는 게 무슨 말씀이오?"

운허자의 물음에 구여상이 대답했다.

"일단 점창, 청성, 공동 세 문파를 먼저 장악하자는 말입니다."

"하지만 그걸 시도했다가 자칫하면 역적 놈들이 제 풀에 놀라 숨어 버릴 수도 있소이다."

담기령이 이 계획을 말하면서 가장 주의를 기울여 달라고 부탁한 부분이 바로 그것이었다.

역적들이 자신들이 발각되었다는 사실을 알아서는 안 된다는 것이었다. 자칫하면 놈들이 몸을 숨기고 다음 기회를 노릴 수도 있기 때문이었다.

담기령이 세운 계획은 일단 중원 내에 자리하고 있는 역적들의 거점과 산적이나 수적의 모습으로 기다리고 있는

군사들을 치는 것이었다.

그것을 위해 벌인 일이 바로 절강성 담씨세가 토벌이었다. 담씨세가를 토벌하기 위해 움직이면서 그 경로 상에 있는 산적이나 수적들을 무차별적으로 제거하는 것이었다.

역적들의 군사들만 골라서 친다면 의심을 하겠지만, 모든 산적들은 물론, 그 사이에 보이는 흑도 방파들까지 치게 되면 의심을 희석시키는 게 가능했다. 담씨세가를 치는 동시에 무림맹 내에서의 주도권을 잡기 위해 외부에 보여 주기 위한 공적을 만든다는 것이 명분까지 만들어 놓는다면 역적들도 긴장은 하면서도 사신들을 노리고 있다는 의심은 덜 하게 될 것이었다.

그리고 다른 문파와 세가들이 이런 움직임을 보이게 되면 점창, 공동, 청성 세 문파 역시 이러한 움직임에 동조하지 않을 수 없었다. 그들 역시 문파의 장문인이 살해당했기 때문에, 다른 문파들의 움직임에 민감한 반응을 보이게 되는 것이다.

하지만 여기서 중요한 것은 점창, 공동, 청성 세 문파를 제외한 다른 문파나 세가들은 정예들이 움직이지 않는다는 점이었다. 실제로 담씨세가를 칠 생각은 없기 때문에, 산적이나 수적들 혹은 중소규모의 흑도방파를 칠 수 있는 정도의 전력만이 움직인다. 그리고 진짜 정예들은 각각 점창, 청성, 공동의 세 문파로 비밀리에 움직일 예정이었다.

그사이 산적들이나 수적들, 그리고 거점들을 제거하면 마지막으로 간세들이 있던 세 문파를 장악해 내륙에 있는 역적들의 동조 세력을 일소하는 것이 내륙에서의 마지막 목표였다.

물론, 그쯤이면 역적들의 수괴 역시 사태를 파악하고 몸을 숨길 터. 하지만 내륙에서의 일이 진행되는 동안 담기령 또한 계획을 갖고 있었다. 역적들 사이에 미리 사람을 심거나 척후를 보내 그들의 움직임을 주시하고 있다가 역적들이 새로운 곳으로 몸을 숨기면 그곳을 향해 토벌군 전력을 모두 투입하는 것이 마지막이었다.

구여상은 그런 큰 틀이 만들어져 있는 상황에서, 중간 단계를 건너뛰자고 말한 것이다.

"중간을 건너뛰자는 게 정확하게 어떤……."

현산이 일단 이야기를 들어보자는 듯 설명을 요구했다.

"아시다시피 점창, 청성, 공동 세 문파의 움직임을 보아 하니 일단 다른 문파들보다 빨리 차기 장문인을 세우고 무림맹의 장악을 시도하는 것으로 보입니다. 그렇다면 우리는 내륙에 도사리고 있는 역적들의 세력을 치는 일을 다음으로 미루고 점창, 청성, 공동 세 문파를 먼저 치는 게 어떨까 하는 겁니다."

현산이 난색을 표하며 말했다.

"그로 인해 총병관의 역할에 문제가 생길 수도 있지 않습니까?"

내륙에서 역적들의 세력을 제거하는 동안, 담기령과 절강무련은 역적들의 근거지를 파악하고 이쪽의 간세를 심거나, 역적들이 은신처로 옮길 경우 그곳으로 쫓아갈 수 있도록 준비를 해야 했다.

하지만 무림맹에서 계획을 변경하는 바람에 역적들이 먼저 움직이게 되면 담기령이 해야 할 일을 하지 못할 수도 있었다. 현산은 그 문제를 이야기하는 것이었다.

현산의 말에 구여상이 아닌 제갈무산이 대답했다.

"어차피 모든 일이 계획대로 흘러갈 수는 없습니다. 총병관에게는 미리 언질만 주면 알아서 대처할 거라 생각합니다만? 이렇게 전체가 한번에 움직이지 못하고 따로 떨어져서 행동하게 되면, 이런 문제는 당연히 발생하게 됩니다. 총병관도 이 정도 변수는 예상하고 있으리라고 봐야지요."

"하지만 그래도 총병관과 미리 이야기를 해서 변경된 계획에 대해 조율을 하는 게 좋지 않겠소?"

다시 구여상이 끼어들었다.

"그리되면 시기를 놓칠 가능성이 큽니다."

그렇게 단정을 지은 구여상이 남궁호천을 향해 물었다.

"절강무련과 빠른 연락이 가능하다고는 합니다만 거리까지 생각하면 꽤 무리가 될 거라 생각합니다. 지금 연락을 띄우고 다시 답을 받는 데 얼마나 걸릴 것 같습니까?"

"아무리 짧게 잡아도 이레 정도는 걸릴 거요."

남궁호천의 대답에 구여상이 다시 현산을 향해 말했다.

"현재 각 문파의 전력들이 각각 점창, 공동, 청성에 도착하는 데 최소 열흘은 필요합니다. 무리를 해서 움직인다 해도 연락을 보내고 받은 후에 움직이면 최소한 보름은 필요한데, 그때쯤이면 그들 세 문파가 무림맹을 먼저 장악하려고 움직이게 됩니다. 그 시도를 막아야 하는 것이 중요한 시점이라고 보면 도무지 시간이 맞지 않습니다."

그때 구여상의 귓전으로 묘한 소리가 파고들었다.

─구 부각주도 참 음흉한 사람이구려.

움찔 어깨를 띤 구여상의 시선이 슬쩍 움직인다. 전음을 날린 제갈무산을 향한 시선. 하지만 구여상은 전음을 날릴 수 없었다. 그렇기에 대답을 하는 대신 입가에 잠깐 동안 옅은 미소를 떠올렸다가 지웠다.

제갈무산의 말 대로였다. 사실 적들이 생각보다 더 빠른 반응을 보인다 해도 아직까지는 그 반응에 맞춰 움직이는 것도 가능했다. 그럼에도 구여상은 계획을 변경하는 것을 주장한 것이었다.

물론 아무런 이유도 없이 그런 것은 아니었다. 가장 큰 목적은 담기령의 역량을 확인하고자 하는 것이었다.

담기령은 총병관으로서 무림맹에 명령을 내리는 상황이었다. 그러니 구여상은 무림맹 관명각 부각주로서 담기령이 그 정도의 역량을 가지고 있는지 확인해 볼 필요가 있었던 것이다. 의천각 회의에서 대단한 모습을 보여 주기는 했지만, 구여상이 보기에는 충분하지 않다는 판단이었다.

거기에 조금 덧붙이자면 일종의 복수였다. 과거 스스로 책사가 되겠다고 찾아간 자신을 내친 담기령에게 조금은 앙갚음을 하고 싶다는 마음도 있었던 것이다.

그리고 제갈무산을 향해 묘한 미소를 보인 이유는, 그런 자시에게 동조해 준 제갈무산의 속내를 물어본 것이었다.

구여상의 미소에 대답을 하듯 다시 전음이 귓전으로 파고들었다.

―뭐, 나도 담 총병관에 대해 조금은 확신이 필요했소이다.

제갈무산 역시 구여상과 같은 이유. 그리고 의천각 회의에서 담기령이 주인 행세를 하며 마음대로 행동한 일에 대한 조금 소심한 앙갚음이기도 했다.

제갈무산이 전음을 보낸 직후, 좌중을 향해 말했다.

"구 부각주가 말한 대로 움직이면 자칫 길어질 수도 있는 이번 토벌을 한층 빨리 마무리할 가능성도 있습니다. 그리고 각 문파의 혼란한 상황을 보다 빨리 가라앉힐 수도 있습니다."

제갈무산의 지원에 구여상이 크게 고개를 끄덕이며 설명을 부연했다.

"그 세 문파를 장악하고 나면 사망한 것으로 알려진 장문인들께서도 좀 더 빨리 자신의 건재함을 알릴 수 있지 않겠습니까?"

순간, 다른 장문인들의 두 눈이 반짝하고 빛났다.

모두들 이번 계획에 동조해 움직이면서도 가장 불안하게 생각하고 있는 일이 바로 그것이었다. 사태를 안정적으로 수습하고는 있지만, 시간이 지날수록 제자들의 불안은 물론 혼란이 커질 것이라는 걸 알고 있기 때문이었다.

"험험, 내 생각에는 구 부각주의 계획대로 하는 것도 좋을 듯합니다."

먼저 동조하고 나선 이는 곤륜파 장문인 우궁자였다. 그는 현재 담기령에 의해 사망한 것으로 알려진 상태였고, 혼란을 방지하기 위해 세 명의 사제에게 문내의 일을 추스르도록 명을 내려놓은 상태였다. 이는 함께 죽은 것으로 알려진 운허자도 마찬가지.

하지만 문제는 곤륜파의 본산인 곤륜산까지의 거리였다.

무림맹에 있던 세 명의 사제가 곤륜산에 도착하는 것보다 자신이 죽었다는 소문이 먼저 도착할 게 분명했다. 즉, 세 명의 사제가 곤륜산에 도착했을 때는, 이미 곤륜파는 큰 혼란에 휩싸여 있는 상태일 거라는 뜻이었다.

그러니 최대한 그 사태를 수습하기 위해서는 최대한 빨리 점창, 공동, 청성 세 문파를 제압하고 자신의 건재함을 알려야 했던 것이다.

우궁자의 말에 다른 이들이 동조하고 나섰다. 우궁자만큼 나쁜 상황은 아니라 해도, 어쨌든 무림맹 전체가 비정상적인 상태에 빠져 있었다. 그런 위태로운 상황이라면 언제무슨 일이 터져도 이상하지 않을 터. 그러니 최대한 상황을빨리 수습할 수 있다면, 그쪽으로 생각이 기우는 게 당연했다.

갑작스레 의견이 한쪽으로 쏠리자 현산, 운허자, 을헌자세 사람의 얼굴에 난감한 표정이 스쳤다.

―어찌하는 게 좋겠습니까?

현산의 귓전으로 운허자의 전음이 파고들었다. 하지만마땅히 답을 할 수가 없었다. 슬쩍 을헌자에게 시선을 돌려보니 을헌자 역시 난감한 표정으로 좌중을 살피고 있었다.

담기령이 붙잡고 있는 볼모들, 세 문파에서 파문당한 제자들 때문이었다. 자칫하면 사문의 치부가 외부에 드러날수도 있는 상황이었다. 당연히 담기령을 곤란하게 만드는이 계획에 동조하기 힘들다.

잠시 고민하던 현산이 조심스레 입을 열었다.

"제갈 각주와 구 부각주의 의견이 충분히 일리가 있습니다. 하지만 노납의 생각에는 조금 신중하게 접근할 필요가있다고 봅니다."

구여상이 현산의 말에 반응했다.

"어떤 부분을 말씀하시는 것인지요?"

"만약 이 일이 무림의 일이라면 상관이 없을 수도 있습니다. 적들을 완전히 뿌리 뽑을 수는 없어도, 일단은 무림에서의 활동을 한시적으로나마 막을 수 있으니 말입니다. 하지만 이 일은 역적들을 상대하는 일입니다. 완전히 근절시키지 못하면 계속 황제 폐하의 우환으로 남을 일이지요. 그러니 신중하게 접근할 필요가 있지 않을까 생각합니다."

이야기를 듣는 이들의 얼굴에 실망스러운 표정이 떠올랐다. 결국 지금의 힘든 상황을 계속 안고 가야 된다는 말이 아닌가.

하지만 구여상은 쉬이 물러서지 않았다.

"맹주님의 말씀 또한 옳습니다. 하지만 이미 상황이 예상을 벗어났기 때문에, 우리도 계획을 수정해야 합니다. 그리고 현재로서는 저와 제갈 각주가 내놓은 것이 최선의 방법입니다. 또 한 가지 생각해야 할 것은, 총병관의 답을 기다리면서 시간만 죽이고 있다가는 자칫하면 무림맹의 힘이 크게 손실될 수도 있다는 것입니다."

"그건 또 무슨 말씀이시오?"

"역적들의 입장에서 볼 때, 지금은 그들이 무림맹을 장악할 수 있는 절호의 기회입니다. 그렇다면 다른 문파들의 힘을 약화시키려 들겠지요."

구여상의 말에 제갈무산이 설명을 더했다.

"현 상황에서 놈들이 무림맹 전력을 약화시키기 위해 노릴 것은 하나밖에 없습니다. 절강성으로 향한다고 알려진 각 문파의 정예들입니다. 우리가 치기 전에 역적들이 선제공격을 하게 되면 큰 손해를 볼 수밖에 없습니다. 그런 후에 무림맹의 힘으로 역적들을 친다고 얼마나 힘이 되겠습니까? 지금으로서는 무리를 하더라도 우리가 먼저 움직여야 합니다."

두 사람의 말에 다른 사람들이 다시 잔뜩 기대한 표정을 짓는다.

현산, 그리고 운허자와 을헌자의 얼굴에 답답한 표정이 떠올랐다. 하지만 담기령에게 약점을 잡혔다고 말을 할 수도 없는 상황.

그 와중에도 다른 문파의 장문인들은 현산을 향해 기대감이 잔뜩 어린 눈빛을 보내며 무언의 압박을 가했다.

더 이상 거부할 명분이 없는 상황. 현산이 힘겨운 표정으로 고개를 끄덕였다.

"그리하도록 합시다."

"무슨 내용입니까, 형님."

담기명의 물음에, 담기령이 들고 있던 서신에서 시선을 떼고는 동생을 향해 피식 웃으며 말했다.

"네 친구가 그리 좋은 성격은 아닌 모양이구나."

"예?"

무슨 말인지 몰라 고개를 갸웃거리는 담기명을 향해, 담기령이 손에 들고 있던 서신을 내밀었다. 방금 전, 무림맹으로부터 급한 일이라며 날아든 서신이었다.

"음? 이게 무슨 말입니까?"

담기령이 놀란 표정으로 물었다.

서신에는, 원래 계획의 중간 단계를 건너뛰고 점창, 공동, 청성 세 문파를 먼저 제압하겠다는 내용이 담겨 있었다. 담기명은 서신의 내용대로 일이 흐를 경우 벌어질 일들을 떠올리며 불안한 표정을 지었다.

역적들은 아직 토벌대의 존재를 알지 못하고 있었다. 이는 토벌대 측에는 아주 유리한 상황이었다. 그런데 서신의 내용은 그 유리함을 완전히 버리겠다고 한 것이나 마찬가지니 불안해질 수밖에.

"소림, 무당, 화산 장문인들의 약점을 잡고 있다고 하지 않으셨습니까?"

"그랬지."

"그런데도 이렇게 반응한단 말입니까?"

"뭐, 맹주나 다른 두 장문인으로서도 어쩔 수 없었겠지."

담기령이 조금은 허탈한 표정으로 대답했다.

"막아야 되지 않겠습니까?"

"이제 와서 그러지 말라고 연락을 보낸다 해도, 이미 일을 벌이고 있을 테니 막을 방법은 없지 않느냐."

"그럼 우리는 어떻게 해야 되는 겁니까?"

"네 생각은 어떠냐?"

오히려 되물어 오는 담기령의 얼굴에 싸늘한 미소가 떠올랐다. 묘하게 사이한 느낌이 드는 미소에 담기명은 저도 모르게 움찔 어깨를 떨며 말했다.

"그, 글쎄요? 우리도 일을 좀 빨리 서둘러야 되지 않을까요?"

"그랬다가는 그들이 감당해야 할 위험이 더 커진다."

"아, 그렇죠. 그러면……."

담기명이 흠칫 놀란 얼굴로 말꼬리를 흐리며 곰곰이 생각에 잠긴다. 하지만 뾰족한 생각이 떠오르지가 않는다.

그때 담기령이 짧은 한숨과 함께 말했다.

"하지만 더 위험해지더라도 지금은 우리가 일을 서두르는 수밖에 없는 것도 사실이다."

"예…… 예?"

반사적으로 고개를 끄덕이던 담기명이 화들짝 놀라며 제 형을 본다.

"이 학사와 유 탁사도 없고, 시간도 촉박한데다 당장 다른 계획을 새로 준비하기도 힘들지 않느냐?"

"하지만 그리하면, 형님이 말씀하신대로 기 조장을 위시

한 다른 조원들이 위험해질 확률이 높지 않습니까?"

"처음부터 죽을 위험이 높다는 사실을 알면서도 지원을 했던 이들이다. 그 위험성이 좀 올라갔을 뿐, 크게 바뀌는 것은 없다. 대신, 우리가 좀 더 준비를 철저히 하고 대비를 해야겠지."

"그래도 괜찮을까요?"

"당장 다른 방법이 없지 않느냐?"

"그래도 좀 더 고민을 해 보면……."

뭐라고 말을 하려던 담기명이 또 한 번 말꼬리를 흐린다. 그 어떤 때보다 딱딱하게 굳어 있는 담기령의 표정이 눈에 들어온 탓이었다.

어쩌면 그런 결정을 내리는 본인이 가장 힘들지도 모르겠다는 생각이 머릿속을 스쳤다.

생각해 보니, 지금까지 위험한 일이 있을 때 그 누구보다 먼저 뛰어든 사람은 다름 아닌 담기령이었다. 그런데 지금은 그럴 수가 없는 상황.

"예, 형님 뜻대로 진행하도록 하시지요."

담기명이 힘겹게 고개를 끄덕였다.

3장
금화삼흉

어두운 방. 정확하게는 제대로 머리도 내밀 수 없을 정도로 좁은 창과 쇠창살로 막혀 있는 어두컴컴한 뇌옥 안.

한 사내가 벽에 등을 기대고 잔뜩 웅크린 듯 세운 무릎 위로 팔짱을 끼고 있었다. 팔짱을 낀 팔뚝 너머, 서늘한 살기를 품은 안광이 번뜩였다.

까드득!

나직하게 이를 갈아 붙이는 사내의 시선은 갇혀 있는 뇌옥 바닥 한가운데로 향하고 있었다. 그곳에는 또 다른 사내가 대자로 드러누운 채 곤히 잠들어 있었다.

그때 마침 작은 창으로 달빛이 스미며 벽에 기댄 사내의 얼굴이 드러났다. 눈빛만 살아 있을 뿐, 온통 멍들고 부어 올라 성한 곳이 한 군데도 없는 얼굴이었다. 아주 제대로 구타를 당한 흔적.

삼 개월. 벽에 기댄 사내, 정삼도가 여기 뇌옥에 갇혀 지낸 시간이 석 달이었다.

그 시간 동안 이 옥방(獄房)을 거친 이들 중 누구 하나 정삼도를 거스를 수 있는 자는 없었다.

적어도 지금 갇혀 있는 옥방 안에서 만큼은, 정삼도는 무자비하고 포악한 권력자였다.

그런 무서운 정삼도를 제대로 눕지도 못하고 쪼그리고 앉아 이만 갈게 만든 자가 바로, 지금 바닥에 드러누워 있는 사내였다.

흠씬 두들겨 맞는 와중에 딱 한 번 들었던 탓에 이름은 기억나지 않았다. 다만 수십 번이나 외친 별호는 똑똑히 기억하고 있었다.

독안일흉(獨眼一凶)이라는 별호였다. 금화삼흉(金華三凶)이라는 무리에서 자신이 첫째라는 말도 했었다. 금화산(金華山)에서 자신에게 대드는 놈은 죄다 황천길로 보내줬다며 고래고래 소리를 지르는 통에 기억을 하지 않을 도리가 없었다.

'한 시진……'

놈이 곤히 잠든 지 한 시진이 흘렀다. 이쯤이면 어지간해서는 깨지 않을 터.

'이대로 골로 가는 한이 있어도 네놈은 끌고 가 주마.'

정삼도는 속으로 그런 생각을 하며 팔짱을 끼고 있던 양 팔을 슬그머니 풀었다. 눈으로는 독안일흉의 움직임을 주시한 채, 오른손은 슬그머니 등 뒤로 돌아가 소리 없이 바닥을 더듬는다.

몇 번을 더듬은 끝에 움푹하고 단단하게 다져진 흙바닥에 손가락이 움푹 파고 들어갔다.

정삼도는 한층 소리를 죽인 채 그 자리를 열심히 손으로 파내려 갔다, 몇 번을 반복한 끝에 정삼도의 손가락에 걸린 것은, 차갑고 날카로운 무언가였다.

동시에 정삼도의 입가에 싸늘한 미소가 걸렸다.

정삼도의 손에 쥐어진 것은 한 손에 꼭 쥘 수 있는 자루가 없는 송곳이었다. 밖에서라면 무기로 쓰기에 많이 부족하지만, 뇌옥의 옥방 안에서는 아주 훌륭한 무기였다. 그리고 아무리 무기가 좋지 않아도 제대로 찌르면 사람의 목숨을 앗아 가는 것은 그리 어려운 일이 아니었다.

"후웁!"

정삼도가 짧게 심호흡을 하고는 조심스레 몸을 일으키려는 찰나였다.

"흠!"

독안일흉이 갑자기 벌떡 상체를 일으킨다.

"흡!"

깜짝 놀란 정삼도가 등 뒤로 꼬챙이를 불끈 쥔 채 독안일흉을 노려보았다.

'설마 눈치를 챈 건가?'

정삼도는 두 눈을 질끈 감은 채 슬그머니 벽에 등을 기댔다. 그때 독안일흉의 목소리가 들렸다.

"이놈의 자식들 벌써 왔어야 될 시간인데 지금까지 뭘 하고 있는 거야?"

옥방 안에는 정삼도와 독안일흉 외에는 아무도 없었다. 하지만 지금 독안일흉의 말을 들어 보면 정삼도에게 하는 말은 아니었다.

'무슨 소리지?'

정삼도는 솟구치는 호기심을 애써 참으며 여전히 자는 척했다. 깨어 있는 놈을 상대할 자신이 없는 탓이었다. 꽤 오랜 시간 거친 바다를 누벼 왔던 정삼도였지만, 낮에 맞이해 본 독안일흉의 주먹 쓰는 솜씨는 보통이 아니었기 때문이다.

그때였다.

"대형!"

갑자기 위쪽에서 낯선 목소리가 들렸다. 뒤이어 독안일흉이 그 목소리에 대답했다.

"이놈의 새끼들, 왜 이제 왔냐?"

"거 성격하고는……. 워낙 경비가 삼엄해서 뚫고 오느라 시간이 걸렸소."

낯선 목소리가 들리는 위치로 보아 옥방의 좁은 창밖으로 누군가가 온 듯했다.

'어떻게?'

지금 정삼도와 독안일흉이 갇혀 있는 곳은 절강 제형안찰사사(提刑按察使司) 안에 자리한 뇌옥이었다. 만만한 현청이나 부청의 뇌옥에 다가가듯 들어올 수 없는 곳이라는 말이다. 그럼에도 이처럼 아무렇지도 않게 뇌옥으로 다가와 창을 통해 이야기를 주고받을 수 있다는 것은 절대 흔히 있을 수 있는 일이 아니었다.

정삼도는 결국 참지 못하고 실눈을 뜨고 옥방 안을 살폈다.

한쪽 벽면 높은 곳에 뚫려 있는 좁은 창 아래에 독안일흉이 서 있었고, 창 너머로는 한 사내의 얼굴이 보였다.

'뭐하는 놈들이기에……'

머릿속으로 오만 가지 상상이 떠오르지만 결국 내릴 수 있는 결론은 하나였다.

'범상치 않은 놈들……'

그사이, 창을 사이에 둔 두 사내의 대화가 정삼도에게로 향했다.

"그런데 저놈은 뭐요? 아무래도 대형한테 오지게 맞은 모양인데."

"에…… 뭐라더라? 단파…… 단파 뭐라고 했었는데? 별호가 하도 유치찬란해서 까먹었다. 뭐, 아무튼 하도 까부는 꼴이 귀여워서 좀 어루만져 줬지."

질문은 창 너머의 사내가, 대답은 독안일흉이 했다. 창너머 사내의 말이 이어졌다.

"그런데 왜 아까부터 처자는 척하고 지랄을 하는 거요?"

생각지도 못한 말에 정삼도가 뒤로 감춘 손을 부르르 떠는 순간, 독안일흉의 입에서 더욱 충격적인 이야기가 나왔다.

"낮에 맞은 게 분했던지 바늘 하나 들고 날 죽이겠다고 저러고 있다."

"크흐흐, 거 참 사람 민망하게 하는 놈이구랴."

화들짝 놀란 정삼도가 두 눈을 부릅뜨고 독안일흉을 쳐다보았지만, 딱히 입에서 말이 나오지는 않는다. 그때 창밖에서 다른 목소리가 들려왔다.

"대형, 이형. 나 왔소!"

뒤늦게 도착한 듯한 또 하나의 목소리에 독안일흉이 아까 했던 말을 또다시 꺼냈다.

"거 빨리빨리 안 다니냐?"

"그 참 성격 한번 급하오. 일도 내가 제일 많이 하는데, 허구한 날 나만 욕을 먹어 아무튼."

"그래서 준비는?"

"다 했으니까 왔겠지."

"그놈 참, 속은 좁아터져서는……. 알았으니, 어여 준비들 해라."

"조금만 기다리시오. 이제 곧 시작할 거요."

이야기가 끝나기 무섭게 아스라이 비명이 울려 퍼졌다.

'이 소리는?'

정신이 없는 와중에도 한껏 귀를 기울인 덕에 정삼도는 비명의 내용을 알 수 있었다.

'불!'

제형안찰사사 내에 불이 났다. 원흉은 지금 창을 사이에 두고 시시덕거리는 사내들일 터. 반사적으로 정삼도의 머릿속으로 스치는 것이 있었다.

'파옥(破獄)!'

머릿속의 생각이 눈앞의 현실로 바뀌는 데까지 걸린 시간은 그야말로 찰나.

우지지직, 콰아앙!

굉음과 함께 뿌연 먼지가 자욱하게 피어올랐다.

"쿨럭쿨럭!"

정삼도가 벌떡 일어나 먼지를 피해 옥방 구석으로 급히 물러섰다.

"크흐흐, 겨우 안찰사의 뇌옥 정도로 이 독안일흉을 잡아 둘 생각을 하다니. 아무튼 벼슬아치 놈들 멍청한 건 알아 줘야 한다니까!"

먼지 속에서 독안일흉의 의기양양한 목소리가 들리는 사이, 자욱하게 피어올랐던 먼지가 가라앉고 옥방의 전경이 눈에 들어왔다.

"헉!"

아까보다 옥방으로 쏟아져 들어오는 달빛의 양이 훨씬 많았다. 고개를 들어 보니 창이 있던 자리가 통째로 뜯겨 나간 듯 덩치 큰 장정도 지나갈 수 있을 정도의 공간이 만들어져 있었다.

뇌옥의 벽을 부수는 것이 어려우니, 창틀을 부숴 공간을 만들어 낸 것이었다.

"갑시다!"

창밖에 있던 사내의 외침이 들렸지만 독안일흉은 바로 움직이지 않았다. 그 대신 뚫린 구멍을 향해 손을 내민다.

"해약부터 다오."

무림인을 옥에 가둘 때는, 파옥과 같은 불상사를 방지하기 위해 산공독을 먹여 무공에 금제를 가한다. 독안일흉은 그에 대한 해약을 요구한 것이었다.

"거 나와서 먹으면 될 거 아니요?"

창밖의 사내가 투덜대면서도 옥방 안으로 작은 주머니 하나를 밀어 넣었다. 독안일흉이 주머니를 받아 들며 옥방 안쪽을 가리켰다.

"갈 때 가더라도 저놈은 처리를 해야지."

"거 참 쓸데없는 짓도 잘하오. 어차피 우리가 어디로 갈 지도 모르는데."

"뭐든 사전에 방지하는 게 좋은 거지 이놈아."

아무렇지도 않게 시시덕거리며 나누는 대화에 정삼도는 모골이 송연해질 지경이었다. 동시에 심각한 갈등이 생겼다.

독안일흉이 독을 해독하면 자신의 목숨은 없는 것이나 마차가지였다. 무기를 듣고 있기는 하지만, 내공이 규제기 사라진 무인을 자신이 이길 방도가 생각나지 않았다. 그렇 다면 선택할 수 있는 것은 하나.

털썩!

결정과 동시에 정삼도가 바닥에 넙죽 엎드리며 외쳤다.

"저, 저도 데리고 가 주십시오. 대형!"

"지랄하네. 니가 날 언제부터 알았다고 대형이래? 너 데 리고 가 봐야 귀찮기만 하고 움직이는 것도 성가시다. 그냥 여기서 깔끔하게 죽어라."

저벅, 저벅.

느긋한 발소리가 엎드려 있는 정삼도를 향해 다가왔다. 정삼도가 황급히 손에 든 송곳을 버리며 말했다.

"나가셔도 당분간 몸을 피할 곳이 필요하지 않습니까?"

동시에 다가오던 발소리가 멈췄다. 기회다 싶은 정삼도

가 급히 말을 이었다.

"제, 제가 몸을 숨기기 좋은 곳을 알고 있습니다. 원하신다면 몸을 의탁할 곳도 소개해 드릴 수 있습니다!"

하지만 대답이 들리지 않는다. 정삼도는 부복한 채로 고개도 들지 못하고 진땀을 흘리며 모든 귀에 모든 신경을 집중했다.

"의탁할 곳?"

잠시 뜸을 들인 후 되돌아온 물음에 정삼도가 급히 대답했다.

"그렇습니다. 바다로 나가면 제가 몸을 숨기기 좋은 곳을 알고 있습니다."

"진짜냐?"

"제가 해적질을 하다가 잡혀 왔습니다요. 한때 배 한 척을 이끌고 다니던 몸입니다. 믿으십시오!"

다시 짧은 정적이 찾아왔다. 그때 창밖의 사내가 외쳤다.

"대형, 뭐하시오? 시간 없는 거 모르시오?"

밖에서의 재촉에 독안일흉이 마침내 결정을 내린 듯 창밖을 향해 말했다.

"여기 이놈도 끌고 간다."

"뭐, 뭐라고요?"

"토 달지 마. 당장 움직여. 야, 너!"

밖을 향해 소리친 독안일흉이 정삼도를 불렀다.

"예, 예?"

"일단 나가라."

"감사합니다, 대형!"

정삼도가 크게 인사를 하며 황급히 뚫린 창을 향해 뛰어 갔다. 풀쩍 뛰어 뚫린 구멍에 손을 걸자, 투박한 두 개의 손이 정삼도의 손을 잡아끌어 올린다.

뒤이어 독안일흉도 구멍을 통해 밖으로 나왔다.

"후우, 일단 밖으로 나가서 얘기하자."

"어서 오르시오!"

독안일흉과 그 동생이라는 자들의 대화에 정신을 차린 정삼도가 주변을 살폈다. 저 멀리 시커먼 연기가 어두운 밤 하늘로 솟구치는 것이 보이고, 요란한 비명이 들렸다.

그리고 자신들의 앞에는 마차 한 대가 서 있었다.

'저걸 도대체 어찌 들고 온 거지?'

도저히 이해할 수 없는 상황. 하지만 지금은 생각을 할 때가 아니라 움직일 때였다.

"어서 따라와라!"

독안일흉이 외침과 함께 급히 마차에 오르고, 정삼도에 이어 창밖에 있던 사내도 마차에 올라탔다.

"갑니다!"

곧이어 어자석에서 또 한 명의 목소리가 들리고, 급히 마차가 움직였다.

"네놈이 날 형님이라 불렀으니 다시 인사를 하마. 금화산 금화삼흉의 첫째인 독안일흉 기응천이다. 이쪽은 잔도이흉 오평안, 그리고 마차를 모는 놈이 철탑삼흉 장삼이다."

"단파대군 정삼도라 합니다. 이렇게 거두어 주셔서 감사합니다, 대형."

"크흐흐, 거 별호하고는……."

인사를 하는 와중에 정삼도의 시선이 독안일흉의 얼굴로 향했다. 별호는 독안일흉인데 아무리 봐도 눈이 둘 다 멀쩡한 탓이었다. 다만 왼쪽 얼굴이 온통 구불거리는 흉악한 흉터로 덮여 있을 뿐이었다. 특히 왼쪽 눈을 종으로 가로지르는 흉터가 아주 심각하고 깊어 보였다. 아마 그 흉터 때문에 독안이라 불리는 모양이었다.

그런 정삼도의 시선에 독안일흉, 기응천이 기묘한 웃음을 터트리며 말했다.

"크흐흐, 이 상처 때문에 진짜 눈알 하나 날아갈 뻔했지."

그때 밖의 어자석에서 장삼의 목소리가 들렸다.

"대형, 밖으로 나왔소!"

소리를 들은 기응천이 정삼도를 향해 물었다.

"이제 어디로 가면 되느냐?"

"일단 바다로 가야 합니다. 그러니 배를 구할 수 있는 곳으로 가시지요."

정삼도의 말에 기웅천이 장삼을 향해 외쳤다.

"포구로, 포구로 가자!"

외침과 동시에 마차가 급히 방향을 틀더니, 어두운 새벽의 대로를 질주했다.

한 척의 배가 시커먼 밤바다를 향해 조용히 물살을 갈랐다. 갑판 위에는 언뜻 서너 개의 사람 그림자가 보이는 듯했지만, 그마저도 배가 멀어지면서 흐릿해졌다.

"일단은 성공이군요."

포구에서 멀찍이 떨어진 해변에 서서 먼 수평선을 향해 나아가는 배를 바라보는 이는 담기령과 담기명 형제였다.

담기명의 말에 담기령이 천천히 고개를 끄덕였다. 하지만 여전히 표정은 불안했다.

"어차피 여기까지는 그리 힘든 일이 아니었다. 문제는 그 이후가 아니더냐."

"그렇기는 합니다만……."

바다에 있는 역적들을 치는 데 가장 큰 걸림돌은, 육지와 바다에 있는 적들을 동시에 치는 것이 힘들다는 점이었다.

물론 시간 약속을 하고 동시에 들이닥치면 불가능하지는 않다. 하지만 그렇게 하려면 토벌군의 전력이 둘로 쪼개지는 것이 문제였다. 놈들이 보유한 병력이 너무 많은 탓이었다. 오히려 육지와 바다로 나뉘어 있는 적들의 병력을 각개격파 해야 하는 것이 토벌군의 상황이었다.

하지만 그렇게 할 경우 또 다른 문제가 생긴다. 육지든 바다든 어느 한쪽을 공격할 경우, 나머지 한쪽은 몸을 숨길 가능성이 컸던 것이다.

그런 이유로 담기령은 담씨세가가 누명을 쓰는 상황을 만들어, 놈들의 육지에 있는 병력이 그 와중에 휩쓸리는 모양새를 만들려 했던 것이다.

그렇다고 적들이 눈치를 채지 못하지는 않겠지만, 어느 정도 시간을 벌 수 있었다. 담기령은 그렇게 벌어 놓은 시간을 이용해, 이쪽 사람을 적들의 근거지에 잠입시키고 바다의 적들이 은신처로 몸을 숨기면 그곳을 칠 계획을 세운 것이었다.

그리고 신분을 위장해 적들의 근거지로 잠입할 임무에 자원을 받았다. 그렇게 자원을 한 이들 중 다시 고르고 골라 세 사람을 뽑았다.

이제는 율천당 소속의 어엿한 대주의 자리에 올라 있는 기응천과 담씨세가의 담평무원에 첫 수련생으로 들어와 당당히 담씨세가의 정예로 거듭난 오평안, 장삼이 바로 그들이었다.

가장 먼저 필요했던 것은 그들 세 사람이 사용할 가짜

신분이었다. 마침 금화산에서 날뛰고 있는 금화삼흉이라 불리는 세 의형제가 있었고, 담기령은 은밀하게 그들을 사로잡은 후 기응천, 오평안, 장삼 세 사람에게 그들의 별호를 주었다.

금화삼흉에 대해서는 세간에 크게 알려진 것이 없었기에 세 사람의 신분을 바꿔치는 일은 그리 어렵지 않았다.

두 번째는 포섭을 할 대상이었다. 여기에는 생각보다 운이 많이 작용을 했다.

원래 중원인이면서 왜구들과 함께 노략질을 한 이들의 처분은, 지방의 안찰사가 아닌 중앙에서 결정을 하는 편이었다. 하지만 그 수가 너무 많아지면서 대부분의 처결이, 절강제형안찰사사로 이관되었다.

그로 인해 절강성의 제형안찰사사에는 그런 죄수가 차고 넘치는 상황이었다.

담기령은 그중에서 문제의 역적들의 수하를 가려내고, 또 그중에서 포섭하기 편한 자를 정해서 기응천을 같은 옥방에 집어넣은 것이었다.

거기까지는 담기령의 계획대로였다. 하지만 문제는 엉뚱한 곳에서 터졌다.

원래는 시간을 두고 옥방의 정삼도와 기응천이 서로 신뢰할 수 있는 시간을 만드는 것이 담기령의 계획이었다. 하지만 무림맹에서 갑자기 계획을 바꾸는 바람에 그 시간이

축박해졌다. 기웅천이 정삼도와 천천히 신뢰를 쌓을 시간이 사라진 것이었다.

원래도 적진 한가운데로 들어가는, 작은 실수 하나로도 목이 날아갈 수 있는 위험한 임무였다. 그렇기에 정삼도와 신뢰를 쌓는 것이 죽음을 피할 확률을 높이는 방법이었다. 급한 동맹은, 언제든 배신을 할 수 있기 때문이다.

하지만 무림맹의 갑작스러운 계획 변경으로 이쪽도 서둘러야 했고, 어쩔 수 없이 지금과 같은 방법을 택했던 것이다.

"이 학사와 유 탁사로부터 연락은 아직인 것이냐?"

기웅천, 오평안, 장삼 세 사람을 잠입시킨 것만으로는 놈들의 은신처를 알아낼 수 있다고 확신할 수 없는 상황이었다. 그렇기에 담기령은 이세신과 유춘 두 사람을 바다로 내보냈다.

두 사람이 함께 그 인근을 돌아보면, 역적들의 두 번째 은신처가 될 만한 곳을 찾을지 모른다는 생각에서였다.

"후우, 일단 일이 어찌 될지는 좀 더 두고 봐야 알겠지."

만에 하나의 경우를 생각해 섬에는 이미 몇 명의 담씨세가 무인들이 몸을 숨기고 있었다. 잠입한 세 사람이 위험할 경우 구출을 하거나, 그것이 힘들 경우 은신처로 옮겨 가는 역적들을 뒤따르게 하기 위함이었다. 물론, 그 역시 성공할 가능성이 높지는 않았지만 지금은 해 볼 수 있는 모든 것을 시도해야 했다.

"그럼 우리도 이제 움직여야겠구나."

담기령의 말에 담기명이 고개를 끄덕였다.

"예, 무림맹에는 이미 연락을 보내 놓았습니다. 아직 답이 오지는 않았지만, 알아서 행동을 할 거라 생각합니다."

"알았다."

"저깁니다!"

기웅천이 정삼도가 가리키는 방향으로 시선을 돌렸다. 저 멀리 타고 있는 배가 나아가고 있는 방향에 하나의 거대한 섬이 눈에 들어왔다.

한참 동안 섬을 살피던 기웅천이 의심스러운 목소리로 물었다.

"저기가 도대체 뭘 하는 곳이냐?"

"마, 말씀드리지 않았습니까? 형님이 몸을 의탁할 수 있는 곳이라니까요."

"저건 단순히 몸을 의탁하고 말고 할 수준이 아니지 않느냐? 섬의 규모만이 아니라, 포구에 정박해 있는 배만 봐도 저 정도면 단순한 해적 집단이 아니다."

섬은 확실히 거대했다. 포구 너머로 보이는 마을의 규모만 해도 보통이 넘는데, 그 너머로는 높은 성벽마저 보인다.

"도대체 저 섬이 무얼 하는 곳이냐?"

기웅천이 계속 의심스러운 표정으로 물었다.

"오, 오왕도라는 곳입니다."

"오왕도?"

기웅천이 의심스러운 표정을 풀지 못하고 정삼도의 말을
되뇌는 사이, 오평안과 장삼이 다가왔다.

"뭔가 이름부터가 심상찮습니다."

"단순히 이름만이 아닙니다. 성벽도 이상하지만 무엇보
다 이상한 건 포구에 정박해 있는 저 엄청난 수의 배들입니
다. 저 정도면 절대 일개 해적들이라고 볼 수 없습니다."

두 사람의 말에 기웅천이 더 고민할 필요도 없다는 듯
말했다.

"당장 배를 돌려라."

그 말에 정삼도가 황급히 물었다.

"갑자기 그게 무슨 말입니까? 저기가 가장 안전한 곳입
니다요. 제 말을 좀 믿어……."

빠악, 우당탕!

"컥!"

갑작스레 날아든 주먹에 정삼도는 하던 말을 채 끝맺지
못하고 신음과 함께 갑판 위를 나뒹굴었다.

"내가 그런 말에 넘어갈 만큼 멍청해 보이더냐?"

"으윽! 저, 정말입니다. 저를 좀 믿어 보세요!"

"미친놈. 아무리 봐도 저 섬으로 들어가는 즉시, 네놈의 동료들에게 우리가 죽을 것 같은데 무슨 헛소리냐!"

"아, 아닙니다! 설마 저를 그 뇌옥에서 꺼내 주신 형님들을 제가 배신하겠습니까!"

"하지만 그전에 네놈은 나를 죽이려 했지. 게다가 우리가 얼마나 같이 있었다고 네놈을 믿으라는 거냐?"

굳은 얼굴로 말한 기응천이 오평안과 장삼을 향해 말했다.

"들키기 전에 어서 배를 돌려라!"

"저, 정말 저를 좀 믿어 주십시오. 우리가 처음에는 그리 유쾌하게 만나지는 않았지만, 이 정삼도 그리 은혜를 저버리는 몹쓸 놈이 아니란 말입니다!"

정삼도는 진심으로 답답했다.

자신은 단순한 왜구가 아니었다. 오왕도의 당당한 선단장 중 하나였다. 도주가 대업을 달성하면, 새로운 나라의 수군에서 크게 한 자리를 맡을 인물이었다. 그런 자신이, 훗날 큰 인물이 될 자신이, 아무리 첫 만남이 유쾌하지 않았다 해도 목숨을 구해 준 은인의 뒤통수를 치겠는가 말이다.

하지만 그런 말은 이들 세 사람이 자신과 한편이 된 후에나 할 수 있는 이야기. 지금은 절대 외부에 발설해서는 안 되는 일이기에 말을 할 수가 없었다.

"오왕도에서는 실력 있는 무인들을 필요로 합니다. 저기로 가면 형님들을 중히 쓸 것입니다."

"시끄럽다!"

그때였다.

촤아아악!

갑자기 요란한 물소리가 터지더니 십여 개의 인영이 배 주변으로 불쑥 솟구친다.

탁, 타타탁!

"무, 무슨!"

상황을 채 파악하기도 전에 배의 갑판 위에 십여 명의 사내가 내려섰다.

차앙!

"웬 놈들이냐!"

기응천이 허리에 차고 있던 대도를 뽑아 들며 외쳤다. 하지만 이미 자신을 포함한 네 사람은 완전히 포위된 상태였다.

갑작스레 갑판에 오른 사내들은 모두 열 명.

손에는 작살처럼 생긴 병장기를 들고 있었는데, 전신에서 뿜어내는 기운들이 보통내기가 아니었다.

게다가 온몸이 흠뻑 젖어 있는 모양새가 잠수를 해서 이곳까지 온 듯한데, 주위를 아무리 둘러봐도 가까이 보이는 배가 없었다. 즉, 아주 먼 곳에서부터 물밑으로 자신들의 배까지 다가왔다는 뜻. 여차하면 물밑으로 내려가 배를 가라앉히는 것도 가능하다는 의미였다.

기응천과 오평안, 장삼 세 사람이 잔뜩 긴장한 얼굴로 자신을 포위한 자들을 노려보는 가운데, 정삼도가 반가운 목소리로 외쳤다.

"십삼선단장 정삼도다. 해영단은 소속과 직위를 말하라!"

말을 히는 정삼도기 양손이 손끼리을 묘한 모인으로 꼬아서 붙였다.

그것을 본 사내들이 약속이라도 한 듯 한걸음씩 뒤로 물러섰다.

그중 한 사람이 정삼도를 향해 말했다.

"하늘의 해와 달이 무엇을 따르는가?"

뜬금없는 물음에도 금화삼흉은 별다른 반응을 보이지 않는다. 대부분의 비밀스러운 집단들은 서로를 확인하기 위한 문답이 존재한다는 것을 알기 때문이었다.

"아직 다스리지 않는 군주가 하늘 위에 있으니, 때를 기다릴 뿐이다!"

"십삼 층 하늘의 몇 번째 하늘에서 때를 기다리는가?"

"일곱 번째 하늘의 구름 속에서 열세 번째 바람을 이끌며 때를 기다린다."

두 사람의 대화를 듣고 있던 기응천이 보이지 않게 고개를 끄덕였다. 대화의 대략적인 내용이 이해가 되기 때문이었다.

첫 번째 질문은 내용으로 보아 자신들의 주인이 누구인지를 묻는 것이었고, 그에 대한 대답은 일종의 파자(破字)였다.

아직 다스리지 않는 군주란, 임금 군(君)에서 다스릴 윤(尹)을 뺀 입 구(口)자. 그것이 하늘 위에 있다는 말은, 하늘 천(天)자 위에 구(口)자가 있다는 뜻이니, 합쳐 보면 오(吴)가 된다. 오(吴)곧 오(吳)와 동일한 글자이니 저 섬의 주인인 과거 오왕을 뜻하는 말이었다. 답을 알고 있기에 추측할 수 있는 내용이었다.

그리고 두 번째 문답은 아마도 정삼도의 위치를 뜻하는 대화일 터.

대화가 마무리되자, 물속에서 뛰어올랐던 사내가 다시 한 걸음 물러서며 포권을 했다.

"해영단 삼십이조 조장 우새관이 선단장께 인사 올립니다."

"연해를 지키는 그대들의 노고를 치하한다."

"한데……."

우새관이 조심스러운 표정으로 기응천 등 세 사람에게 시선을 던지며 물었다.

"저분들은 누구신지?"

"뇌옥에 갇혀 있던 나를 구해 준 분들이다. 무공이 출중하신 분들이 도주께서 중히 쓰시리라는 생각에 동행을 해 온 터이다. 그러니 다들 무기를 거두라."

정삼도의 말에 우새관이 불안한 표정을 지으면서도 주변에 있던 수하들에게 눈짓을 해 무기를 거두게 했다. 하지만 여전히 안심이 되지 않는 듯 조심스러운 목소리로 말했다.

"외부인을 섬으로 데리고 가는 것은 섬의 규칙에 위배되는 행동입니다."

"알고 있다. 해서 육지에 들어서기 전에 좌군사령께 허락을 얻을 셈이다."

"알겠습니다. 그러면 일단 배를 섬으로 몰겠습니다. 하지만 그전에 손님들의 무기를 회수해야……."

그때 기웅천이 불쑥 튀어나왔다.

"잠깐, 이것들이 지금 당사자인 우리만 빼고 무슨 헛소리들을 지껄이는 건가!"

버럭 소리를 지르며 허공을 향해 세차게 칼을 휘두른다.

후우웅!

대도가 묵직한 바람을 끌어안으며 섬뜩한 기운을 뿌렸다.

"흡!"

깜짝 놀란 해영단이 잔뜩 긴장하며 세 사람을 향해 무기

를 겨누었다. 하지만 기웅천은 조금도 신경 쓰지 않는 듯
정삼도를 향해 외쳤다.

"우리는 아직 저 섬으로 가겠다고 결정을 내리지 않았는
데, 네놈들 마음대로 결정을 내리는 거냐?"

"형님, 진정하십시오. 어차피 육지로 돌아가도 당분간
몸을 피하셔야 하지 않습니까? 게다가 다시 자리를 잡으려
면 그 또한 고생입니다. 하지만 섬으로 들어가시면 바로 자
리도 잡으시고, 든든한 수하들도 얻을 수 있을 겁니다."

"어딘지도 모를 곳으로 함부로 들어가라는 헛소리를 강
호인에게 하는 게 역시나 못 배워 먹은 놈이로구만. 무인에
게, 특히나 우리 같은 흑도에게는 첫째도 신중함이요, 둘
째도 신중함이다. 그런데 무기까지 버리고 저 섬으로 들어
가라고? 게다가, 네놈을 안 지 며칠도 되지 않았는데 덥석
믿으라는 헛소리를 하는 게냐!"

정삼도가 난감한 표정으로 말했다.

"형님, 생각을 해 보십시오. 제가 정말 나쁜 마음을 먹
었다면 저 혼자 바다로 뛰어들고, 해영단이 이 배를 가라앉
히게 만들었을 겁니다. 형님 말대로 형님들을 해하려는 생
각이었다면, 그렇게 쉬운 방법이 있는데 왜 번거롭게 섬까
지 가자고 하겠습니까?"

그제야 기웅천이 얼굴이 조금 누그러졌다. 물론 그렇다
고 완벽하게 믿겠다는 표정도 아니다.

"좋다. 그렇다면 그 좌군사령인지 우군사령인지를 여기로 오라고 해라. 그리고 무기는 못 버린다."

"형님!"

정삼도가 그럴 수는 없다는 듯 고개를 내저으며 외치는데, 오새관이 끼어들었다.

"이 정도로 번거로운 자들이라면 그냥 혼자서만 들어가시지요. 명령만 하시면 당장이라도 배를 가라앉힐 수 있습니다."

"이 정삼도를 배덕한 자로 만들 셈이냐!"

"하지만 섬의 법을 어길 수는 없습니……."

두 사람의 대화를 듣고 있던 기응천이 버럭 소리를 질렀다.

"이것들이 끝까지!"

마음대로 자심들의 생사를 결정하겠다고 드는 모양새가 마음에 들지 않은 것이었다.

정삼도가 또 한 번 기응천을 진정시켰다.

"형님, 고정하시고 제 말 좀 들어 보십시오. 형님들이 무서운 분이라는 건 저도 알고 있습니다. 하지만 이곳은 바다이고, 저 섬에는 수많은 병력이 있습니다. 형님들 세 분이 감당할 수 있는 수준이 아니란 말입니다. 제발 저를 한 번만 믿어 주십시오!"

간곡한 정삼도의 말에 기응천이 짧게 숨을 고른다. 하지만 여전히 결정을 내리지 못한 듯 고민에 잠긴다.

'이 정도면 됐으려나?'

임무에 투입되기 전, 담기령이 몇 번이나 당부했던 말이 있었다.

절대 저들을 쉽게 믿는 인상을 주지 말라는 것이었다. 만일 쉽게 믿고 섬으로 들어간다면, 오히려 의심을 받을 수 있다 했었다. 그러니 질릴 정도로 의심을 하고 거부를 하라 했었다. 그것이 오히려 조심스러운 저들을 믿게 만들 수 있는 방법이라고.

기응천이 시선이 슬쩍 오평안과 장삼에게로 향했다. 오평안과 장삼도 같은 생각인지 슬쩍 고개를 끄덕이며 말했다.

"형님, 일단 한 번 믿어 보시지요."

"아무리 저기가 호랑이굴이라 해도 우리 세 사람이 몸만 빠져나오려고 생각하면 못 하지는 않을 겁니다."

그제야 기응천도 겨우 결심이 선 표정으로 고개를 끄덕였다.

"좋다. 일단 들어가서 얘기를 들어 보도록 하지."

한 마리 전서구가 몇 번 허공을 선회하더니 이내 땅으로 내려섰다. 전서구가 내린 곳은, 절강성 처주부 용천현에 자리한 담씨세가의 본가, 담가숭택 후원의 한 건물이었다.

그리고 잠시 후, 건물에서 한 사내가 손에 작은 종이를 쥔 채, 외원의 연무장을 향해 달렸다.

"가주님!"

사내의 외침에, 높은 단 위에 서서 연무장에 모이고 있는 무인들을 바라보던 담기령이 소리가 들린 쪽으로 시선을 돌렸다.

"무슨 일인가?"

"바다에서 연락이 왔습니다!"

대답과 동시에 담기령이 손을 내밀고, 사내는 손에 들고 있던 종잇조각을 건넸다.

"흠!"

내용을 확인한 담기령이 조금 안심한 표정으로 고개를 끄덕였다.

"형님, 무슨 내용입니까?"

마침 옆에 있던 담기명이 궁금한 표정으로 물었다.

"섬에 잠입한 척후조의 연락이다. 금화삼흉이 오왕도에 도착해, 지금은 뇌옥에 갇혀 있다는구나."

"그, 그게 무슨 말입니까? 감옥이라니요!"

담기명이 깜짝 놀라 물었지만, 담기령은 오히려 잘됐다는 표정으로 말했다.

"일이 잘되어 가고 있다는 의미지."

"잘되어 가고 있다니요? 뇌옥에 갇힌 게 어찌 잘된 일입니까?"

"일이 잘되지 않았다면, 세 사람은 이미 죽은 목숨일 것이다. 하지만 세 사람에 대해 알아볼 필요가 있다고 판단했기 때문에 일단 뇌옥에 가둔 것이겠지. 그리고 세 사람에 대해 알아보겠다는 건, 세 사람이 쓸 만한 전력이라 판단했다는 의미이기도 하다."

"그, 그런가요? 하지만 다른 이유 때문에 가둔 것일 수도 있습니다. 세 사람이 다른 목적이 있는 게 아닌지 확인해 본다거나 끌고 온 다른 사람은 없는지를 파악하기 위해서요."

"그럴 거였다면 고문부터 했겠지. 일단은 안심해도 될 듯하니 너무 걱정하지 말아라. 우리는 우리 일이나 해야지."

그때 세가의 외삼당 당주 윤명산, 백우섭, 권일이 담기령에게 다가왔다.

"일각 안에 모두 준비를 마칠 것입니다."

그 말에 담기령이 담기명을 향해 말했다.

"우리도 이제 우리 일을 해야지. 무련의 다른 곳에서도 연락이 왔느냐?"

"예, 시간에 맞춰 바로 움직이겠다고 연락이 왔습니다."

"좋다. 그럼 우리도 움직이자."

4장
선제공격

"사형, 요즘 분위기가 이상합니다."

사제의 조심스러운 말에 목산자가 흠칫 놀란 표정으로 눈가를 파르르 떨었다.

장문사형이었던 목양자가 불의의 죽음을 당한 후, 공동 파에는 거센 바람이 불어 닥쳤다.

흔히 문파의 항렬은, 가장 상위인 장문인의 항렬을 중심으로 한다. 장문인 항렬의 제자들이 일대, 일대의 제자들은 이 대로 칭한다. 그리고 그보다 아래에 있는 아이들은 자질이 훌륭한 아이들을 단체로 수련을 시킬 뿐 당장 누군가의 제자로 정하지 않고 기본을 가르친다.

그러다가 장문인의 항렬이 장로로 물러나게 되면, 일대

제자 중에서 장문인을 뽑고, 그로 인해 일대 제자가 된 문인들이 자질이 훌륭한 아이들 중에서 옥석을 가려 자신의 제자로 받아들인다.

하지만 이번처럼 장문인이 갑작스레 사망한 경우는 조금 다르다. 일대 제자들의 나이가 장문인의 자리에 오르기에는 젊고 경험이 부족하다 보니 장문인과 같은 항렬의 누군가가 장문인 자리에 오른다.

그리고 그것은 심각하게 문파의 내부에 거대한 돌풍을 일으키는 일이었다.

보통은 장문인이 문파 내부의 무소불위의 권한을 가지기 때문에, 그 외에는 죄다 비슷비슷한 정도의 위치. 그런 상황에서 서로 장문인이 되겠다고 나서게 되니 심각한 파벌 싸움이 벌어지는 것이다.

그리고 공동파의 이인자였던 목산자는 그 파벌싸움에서 거의 승기를 잡은 상태였다.

물론 그 이면에 오왕도에서의 전폭적인 지원이 있었기에 가능한 일이기는 했지만, 어차피 그들 역시 필요에 의해서 한 일이었다.

아무튼 그런 상황에서 심각한 이야기가 나오니 불안해하는 것이 당연한 반응.

"무슨 말인가? 문내에 불온한 움직임이라도 보이는 겐가?"

목산자의 물음에, 사제 목인자가 고개를 젓는다.

"그런 것이 아니라, 외부의 반응이 이상하다는 말입니다."

"외부의 반응이라니 무슨 말인가?"

"묘하게 조용하단 말입니다."

"자세히 말해 보게."

목인자는 평소 신중한 성격으로 허튼소리를 잘하지 않는 성격이었다. 그런 성격을 알고 있기에 목산자의 얼굴에도 순연중 묘인한 끄정이 떠올랐다.

"분명 열흘 전만 해도 전 문파들이 절강성 담씨세가를 벌하겠다며 앞다투어 나서지 않았습니까?"

"그랬지. 그 덕에 우리도 목우 사제 일파를 내보낼 수 있지 않았나?"

목산자는 반대 파벌의 대부분 사형제들을 담씨세가를 치는 쪽으로 보낸 상황이었다. 그리고 그들 대부분은 오왕도에서 보낸 병력에 의해 처리될 계획이었다.

"그런데 그렇게 나섰던 문파들의 소식이 하나도 들리지가 않습니다."

"딱히 소식이 들려올 일이 있는가?"

"생각해 보십시오. 지금 나선 문파들은 모두 경쟁을 하고 있는 상황입니다. 그리고 한곳을 향해 몰려가고 있지요. 그런데 당연히 일어나야 할 일이 일어나지 않고 있습니다."

목산자도 그제야 뭔가 좀 허전하다는 것을 깨달았다.

"서로 충돌이 있어야 한다는 말이군."

"맞습니다. 한곳을 향해 달려가고 있으니 서로 마주치지 않을 수 없고, 그렇다면 먼저 가기 위해 서로 충돌이 일어나지 않을 수 없다는 말입니다. 더군다나 오왕도에서도 별다른 연락이 없습니다."

"음……."

목산자의 얼굴이 한층 심각하게 변했다.

오왕도에서 보내온 지시에 따르면, 자신들이 문파를 장악하는 동안 오왕도의 병력들은 다른 문파의 주력들에게도 타격을 입힐 거라 했었다. 그런데 그와 관련된 소식은 단 하나도 들려오지 않았다.

"어찌 생각하는가?"

자신들이 알지 못하는 사이, 다른 문파들이 무언가 일을 벌이고 있다는 뜻이었다.

"청성과 점창에서는 별다른 연락이 없는가?"

"없습니다."

한배를 탄 그들도 미처 눈치채지 못하고 있는 어떤 일. 인상을 찡그리는 목산자를 향해 목인자가 설명을 더했다.

"그러고 보면 처음부터 뭔가 일이 이상했습니다."

"처음부터?"

"장문 사형의 시신을 돌려달라 해도 무림맹에서 계속 핑계를 대며 거부하고 있지 않습니까?"

"그건 우리만이 아니라 다른 문파들도 마찬가지가 아닌가?"

"시신을 돌려주지 않는 것은 똑같습니다만, 우리와 청성, 점창은 시신을 돌려달라는 요구를 계속했지만 당시 장문인이 죽은 다른 문파들은 한두 번 요구를 하고는 더 이상 요구하지 않았었습니다."

"음!"

만일 자신들만 그렇게 바위했다며 그냥 넘어간 수도 있는 일이었다. 하지만 한배를 타고 있는 청성파, 점창파, 그리고 자신들을 제외한 문파들만 시신의 반환을 요구하지 않는다는 것은 이상했다.

꼭 집어 오왕도와 손을 잡은 세 문파만 모르는 무언가가 벌어지고 있는 분위기이지 않은가.

"설마?"

불길한 느낌을 받은 목산자가 목인자를 보았다. 그리고 목인자의 입에서 그 불길한 예측이 나왔다.

"어쩌면 우리가 오왕도와 손을 잡은 사실이 이미 발각되었을 수도 있습니다."

"다른 문파들이 조용한 이유는, 역으로 우리를 공격하려 하고 있다는 뜻인가?"

"그럴 가능성이 높습니다. 그렇지 않고서야 약속이라도

한 듯 우리 세 문파만 따돌리는 듯한 상황이 만들어지는 것
은 이상한 일입니다."

땡땡땡땡!

목인자의 말이 끝나는 순간 갑자기 경종이 울렸다.

목산자와 목인자가 반사적으로 방을 박차고 뛰쳐나가며
외쳤다.

"무슨 일이냐!"

순간적으로 정신이 혼미해지는 기분이었다. 지금 자신들
이 있는 곳은 다른 곳도 아닌, 구파 중 하나인 공동파의 본
산이었다. 그런 곳에 외부의 적이 침입해 왔을 때만 울리는
경종이 울리는 것은 거의 없는 일.

그렇지 않아도 불길한 이야기를 하던 차에 경종이 울리
니 더욱 불안해질 수밖에.

그때 일대 제자 하나가 목산자를 향해 달려왔다.

"갑자기 왜 경종이 울리는 것이냐?"

급한 목산자의 물음에 되돌아온 것은 전혀 예상치 못한
내용이었다.

"목우 사숙께서 본산으로 올라오고 있다 합니다."

이건 또 무슨 황당한 이야기인가. 담씨세가를 치는 데
보낸 목우자가 왜 본산으로 되돌아온단 말인가. 게다가 더
욱 더 이상한 것은 이 경종이었다.

"목우 사제가 돌아왔는데 어째서 경종을 울린 것이냐?"

"그, 그것이 분위기가 이상하다 합니다."

"이상하다니? 아, 아니다. 일단 가면서 이야기해라."

목산자가 황급히 걸음을 옮기고, 목인자와 일대 제자가 그 뒤를 따랐다.

"그래, 뭐가 이상하단 말이냐?"

"지금 중턱까지 올라와 있는데, 산 아래에서부터 무기를 뽑아 들고 올라오고 있다 합니다. 게다가 목우 사숙과 동문들만이 아니라 소림과 화산의 제자들까지 동행하고 있는 듯하다는 연락입니다."

"소림과 화산?"

목산자가 급히 걸음을 멈추며 되물었다. 그러면서 목인자를 향해 불안한 시선을 던졌다. 방금 전 둘이서 나눴던 대화다 다시 한 번 불길한 느낌으로 다가오는 탓이었다.

"그렇습니다. 마치, 본산을 공격하려는 듯한 기세로 올라오고 있는지라 경종을 울렸다 합니다."

"이, 일단 가 보자!"

본산의 정문을 향해 달리는 목산자의 걸음이 더욱 더 급해졌다.

"이, 이게 무슨 행동인가, 목우 사제!"

목산자가 은근히 공력까지 실어 대갈일성을 터트렸다.

일대 제자에게 들었던 이야기 그대로였다.

정문 밖에는 담씨세가를 치기 위해 나섰던 목우자와 그의 일파인 본문의 제자들이 중심에 서 있었고, 그 좌우로 소림과 화산의 제자들이 무기를 뽑아 들고 당장이라도 싸울 기세로 이쪽으로 노려보고 있었다.

그리고 목우자의 대답이 돌아왔다.

"실망입니다, 사형."

"무슨 흰소린가? 지금 사제는 사문의 반역자로 몰려도 하등 이상하지 않은 상황에 있다는 걸 알고 있는 건가?"

"사문의 반역자는 사형이시지요."

"무, 무엇이?"

일말의 망설임도 없이 되돌아오는 목우자의 말에 목산자가 한층 노기를 띤 표정을 짓는다. 하지만 목산자의 뒤에 있는 제자들 사이에서는 약간의 동요가 일어나고 있었다.

"지금 자신이 어떤 태도를 취하고 있는지 모르지 않으면서 그런 소리를 하는 건가? 게다가 그쪽은 소림의 현광 대사와 화산의 운오 도우가 아니십니까? 칼을 들고 본문을 쳐들어오다니 이게 도대체 무슨 행동인지 설명을 해 주시겠습니까?"

목산자의 말에 소림의 현광이 한 걸음 앞으로 나서며 손에 들고 있던 선장으로 바닥을 두드린다.

쿠웅!

선장에 공력이 잔뜩 실려 있는 탓에 땅이 울릴 정도로

큰 소리가 울리며 사방으로 메아리친다.

"모든 사실을 알고 찾아왔으니 깨끗하게 죄를 인정하시오."

목산자의 목소리가 한층 올라간다.

"무슨 말씀이오. 외부 인사가 공동의 일에 간섭이라도 하려는 셈이오이까!"

순간 현광의 입에서 믿을 수 없는 이야기가 튀어나왔다.

"그대가 나라의 역적들과 손을 잡고 무림을 장악하려 한다는 사실을 다 알고 있소이다!"

섬뜩한 정적이 사방으로 퍼진다. 뒤이어 목산자의 뒤에서 웅성거리는 소리와 함께 커다란 동요가 일어났다. 다들 당황스러운 표정으로 이 말도 안 되는 소리를 어떻게 받아들여야 할지 모르겠다는 반응.

"공동의 제자들은 간적들의 말에 동요하지 말라!"

목산자가 일갈을 터트린 후, 맞은편에 서 있는 목우자를 향해 외쳤다.

"목우 사제! 외부 인사를 끌고 본문을 더럽히는 것만으로도 모자라 이 사형에게 그런 말도 안 되는 누명을 씌우려 드는 것인가! 그렇게 장문인의 자리가 탐이 나더냐!"

어차피 증거는 없었다.

이런 상황에서 할 수 있는 방법은, 목우가 장문인 자리에 눈이 멀어 외부 인사를 끌어들여 자신을 핍박한다고 몰아가는 수밖에.

"사형, 다 끝났소이다. 이만 포기하고 순순히 죄를 자백하시오!"

"네놈이 권력에 눈이 멀어 말도 안 되는 소리를 하는구나!"

"정녕 그리 생각하십니까?"

"어허허! 사제, 정말 가련하기 짝이 없네. 이왕 하는 거면 좀 더 그럴싸한 이야기를 들고 올 것이지, 다른 것도 아닌 역적이라니!"

그때였다.

화산파 제자들의 뒤쪽에서 누군가가 외쳤다.

"부정할 수 없는 증좌가 있는데도 발뺌을 할 셈이시오?"

귀에 익은 목소리. 목산자의 시선이 소리가 들린 쪽으로 돌아갔다. 마침 화산파 제자들 사이를 헤치고 앞으로 나오는 한 명의 노도사의 모습이 보였다.

"다, 당신은!"

목산자가 귀신이라도 본 듯한 얼굴로 노도사를 보았다. 아니, 노도사는 진짜 귀신이었다. 죽었다고 알려진 화산 장문인 운허자였던 것이다.

"부, 분명 죽었다고 들었는데!"

목산자의 뒤쪽, 공동파 제자들 사이에서 더욱 큰 동요가 일어났다. 하지만 목산자는 지금 그것을 진정시킬 여유가

무림
영주

없었다.

아까 목인자와 나누었던 이야기가 점점 사실이 되어 나타나는 기분이 든 탓이었다.

하지만 그렇다고 스스로 역적이라 시인할 수는 없는 노릇.

"허, 죽음까지 가장하면서 이 공동파를 화산의 손아귀에 넣고 싶으셨소이까, 운허 도우?"

"증좌가 있는데도 이렇게 발뺌을 하실 생각이오?"

"허, 증좌라니 무슨 증좌가 있다 말씀이오?"

목산자가 짐짓 어깨를 펴며 말했다. 이런 때에 위축된 태도를 취해 봐야 자신만 불리해질 뿐이었다.

그때 소림사 제자들의 뒤쪽에서 또 하나의 목소리가 들렸다.

"여기 움직일 수 없는 증좌가 있으니 똑똑히 보십시오!"

운허자와 마찬가지로, 소림사 제자들이 길을 터 주며 그 사이로 한 명의 노승이 모습을 드러냈다.

독에 당해 자리보전하고 있다 알려진 소림사 방장이자 무림맹의 맹주 현산이었다.

그런데 운허자와 다른 부분이 있었다. 머리에 시커먼 자루를 뒤집어씌운 누군가를 끌고 오고 있었다.

"맹주?"

입으로는 현산을 부르지만, 목산자의 시선은 그 뒤에 얼굴을 가린 채 끌려오는 이에게 박혀 있었다. 그 체형이 너무나 눈에 익은 탓이었다.

'설마, 그럴 리가?'

불안감이 점점 확신으로 변해 가는 순간. 목산자는 거의 눈앞에 보이는 듯한 현실을 애써 부정했다.

그사이 현실이 펼쳐졌다. 목우자가 큰 소리로 외쳤다.

"공동파 제자들은 모두 무기를 버리고 뒤로 물러서라!"

동시에 현산이 끌고 온 자의 머리에 뒤집어씌웠던 검은 자루를 벗겼다.

"자, 장문인!"

"사, 사형!"

공동파 제자들 사이에서 경악에 찬 외침이 터져 나왔다. 자루를 뒤집어쓰고 끌려온 이는 다름 아닌 자신들의 장문인인 목양자였다.

목산자가 손에 쥔 장검을 불끈 쥐며 사방을 살피는 사이, 목양자가 입을 열었다.

"공동파 제자들은 차기 장문인 목우의 말에 따라 무기를 버리고 뒤로 물러서라."

그리고 목산자를 향해 말했다.

"다 끝났네, 사제. 사문의 맥이라도 지키려면 이 방법밖에 없다네."

"무, 무슨 헛소리요! 게다가 지금 이게 무슨 꼴이요? 게

다가 뭐가 끝났단 말이오? 장문 사형이 설마 진짜 무언가 일을 저지른 것이오!"

현 상황에서 목산자가 선택할 수 있는 유일한 방법은, 목양자와의 관계를 부정하는 것이었다. 어쩌면 끝까지 잡아뗀다면, 훗날을 도모할 수 있을지도 모른다는 실낱같은 기대.

목산자가 쉬지 않고 말을 이었다.

"장문 사형이 정말 역적들과 손을 잡았었단 말이오? 도, 도대체 왜 그런 짓을 하였소?"

목이 쉬어라 외치는 목산자를 향해 목양자가 안타까운 표정으로 말했다.

"기대는 접으시게. 이미 조정에서는 오왕도에 대한 토벌군이 편성되었네. 조만간 그들 역시 끝난단 말일세. 그때와서는 이미 늦게 되는 걸세."

담기령과 무림맹 수뇌부가 역적들과 내통한 세 문파를 정리하는 데 꺼낸 방법은, 다름 아닌 거래였다. 이미 역적들과 내통한 것이 들통 난 세 장문인에게 봉문을 조건으로 사문의 존속을 약속하는 대신, 함께 역적들과 손을 잡은 이들을 넘기는 것이었다.

세 장문인으로서는 거절할 수 없는 이야기였다.

이미 모든 것이 끝난 마당에, 사문이라도 존속시킬 수 있다는 것이 그들에게는 유일한 희망이기 때문이었다. 개

인의 욕심 때문에 일을 벌이기는 했지만, 장문인으로서의
책임감은 남아 있었던 것이다.

"크윽!"

목산자의 입에서 신음 같은 소리가 새어 나온다. 동시에
손에 들고 있던 장검을 한껏 위로 들어 올렸다.

"사제!"

"멈추시오, 사형!"

"저항을 포기하시오!"

사방에서 급박한 외침이 터졌다. 가능하면 서로 피를 보
지 않는 선에서 일을 마무리하는 것이 모두의 바람이었다.
하지만 목산자가 저항을 하게 되면 피를 보지 않고는 일이
끝날 수가 없었다.

앞쪽에 서 있던 목우자와 현산, 운허자의 땅을 박차며
몸을 날렸다.

스걱!

동시에 섬뜩한 소음이 퍼지더니 시뻘건 선혈이 솟구쳤다.

털썩, 쿠웅!

뒤이어 무언가 쓰러지는 소리가 공동파 정문 앞에 조용
히 울려 퍼졌다.

"흡!"

가장 먼저 반응했던 세 사람의 입에서 옅은 신음이 새어
나왔다. 목산자가 제 손으로 자신의 목을 긋고 자결한 탓이

었다.

잠시간의 정적이 흐른 후, 아래쪽에 묶여 있던 목양자가 목우자를 향해 말했다.

"사제가 마무리하시게. 그리고 사문을 잘 부탁하네."

"더 이상 나를 사제라 부르지 마시오. 당신은 이미 파문당한 몸이오. 또한 사문을 이런 꼴로 만든 주제에, 사문을 걱정하는 말 또한 입에 담지 마시오. 당신은 더 이상 공동의 제자가 아니오."

목우자로서는 당연한 반응이었다. 이번 일로 인해 공동파는 무려 백 년의 봉문을 약속했다. 만약 그것을 어길 경우, 역적으로 간주되어 나라의 토벌군을 맞이해야 했다.

차갑게 내뱉은 목우자가 정문을 향해 걸어가며, 함께 온 제자들을 향해 말했다.

"저 역적들을 모두 포박하라!"

더 이상의 저항은 없었다. 목산자의 곁에 있던 목인자는 물론 역적들과 함께 행동했던 모든 이들이 순식간에 포박당했다.

"크아악!"

"으악!"

사방에서 비명이 울려 퍼졌다.

그들은 파문당한 제자들이었다. 공동의 무공을 회수해야 했기에 포박과 동시에 사지의 근맥을 자르고 단전을 폐했다.

순식간에 모든 일이 정리되고, 목우자가 역적들의 신병을 소림과 화산에 넘겨주었다.

"우리로서도 어쩔 수 없는 일이외다."

현산이 안타까운 표정으로 말했다. 목우자가 힘없는 목소리로 대답했다.

"어쩔 수 없는 일이지요. 폐문의 상황이 이러하여 손님을 맞이할 수 없음은 물론, 배웅 또한 힘들 것 같습니다. 이만 산을 내려가 주십시오."

"아미타불⋯⋯."

현산이 나직이 불호를 외며 천천히 뒷걸음질 쳤다.

목우자가 더 이상 미련이 없다는 듯 뒤로 돌아 문 안으로 들어가며 외쳤다.

"문을 닫아라!"

끼이이익, 쾅!

요란한 소리와 함께 커다란 공동파 본산의 정문이 굳게 닫혔다.

공동파 제자들에게 허락된 범위는 공동산이었고, 봉문의 기한은 백 년이었다. 명맥을 이어 가고, 백 년 후 봉문이 풀린다 해도 공동파가 이전의 영광을 재현할 수 있을지는 그 누구도 알 수 없는 일이었다.

그리고 공동파 외에 점창과 청성에서도 같은 일이 일어

나고 있었다.

"준비는?"
"모두 끝났습니다."

담기령과 윤명산이 짧은 대화를 마친 후 서로를 향해 고개를 주억거렸다. 그리고 약속이나 한 듯, 한 곳을 향해 시선을 돌렸다.

두 사람의 시선에 걸린 것은, 관도에서 옆길로 빠진 곳에 자리한 외딴 마을 하나였다. 관도가 만들어지면 이런 마을은 곳곳에 형성되기 마련이나. 길을 나서는 나그네들이나 표행대, 상단 등을 상대하기 위한 객잔과 주루 등이 세워지면서 조성되는 마을이었다.

하지만 지금 담기령과 윤명산이 바라보고 있는 마을은 그런 흔한 마을이 아니었다. 바로, 오왕도에서 자신들의 거점으로 만든 마을이었다.

흔히 볼 수 있는 이런 마을들 중에서, 역적들의 거점을 솎아 내는 것은 그리 어려운 일이 아니었다. 이런 거점이 존재한다는 사실을 몰랐을 때는 어려운 일이었지만, 존재 여부를 아는 순간에는 구분이 쉬워지기 때문이었다.

최근 몇 년 사이에 대부분의 주민이 바뀐 마을. 마을의 규모에 어울리지 않게 엄청나게 유입되는 물자. 적어도 서너 곳의 지역으로 길이 통하는 중심지. 거점으로 운용되기 위해서 필요한 조건들이 있었던 것이다.

담기령은 무림맹 관명각에 쌓여 있는 엄청난 양의 정보를 중심으로 그 마을을 솎아 낼 수 있었다.

그리고 점창, 공동, 청성 세 문파를 먼저 봉문 시키는 것으로 방향이 틀어진 순간, 가장 먼저 거점을 장악하라 명령을 내리고 자신도 그에 맞게 움직인 것이었다.

현재 담기령이 이끌고 온 윤명산의 율천당 외에 담씨세가의 순지당, 숭인당이 다른 곳에 있는 거점을 공격하는 중이거나 준비를 하고 있었다. 담씨세가만이 아니라 절강무련에 속해 있는 모든 방파들이 자신들의 위치와 능력에 맞는 곳을 골라 공격을 하고 있었고, 무림맹에서도 마찬가지의 전투를 치르고 있었다.

"갑시다."

담기령의 외침과 동시에 윤명산이 큰 소리로 외쳤다.

"진격하라!"

쿠쿠쿠쿵!

요란한 소음이 대지를 두드렸다.

저 멀리 보이는 마을로 이어진 야트막한 구릉에는 갑자기 새까만 그림자가 드리워졌다.

구릉 아래로 보이는 오왕도의 거점 마을을 향해 담씨세가 율천당 삼백 명의 무인이 달려가는 광경이었다.

조금의 흐트러짐도 없이 정확한 대형(隊形)을 유지하며

뒤쪽으로 뿌연 먼지를 일으키며 달리는 광경은 일대 장관 이었다.

담씨세가의 외삼당은 각각 세 개의 향으로 나뉘고, 그 아래로 각각 열 개의 조로 구성하는 편제였다.

즉, 하나의 당은 열 명으로 이루어진 서른 개의 조로 구성되어 있는 셈이다.

그리고 지금 율천당 무인들은 그 편제에 맞춰, 정확하게 열 명씩 무리를 지어 쐐기 모양의 대형을 유지하며 달려가고 있었다. 또한 서른 개의 조들이 각각 하나의 점이 되어 율천당 전체가 마찬가지로 쐐기 모양의 대형을 이룬다.

순식간에 마을과의 거리를 좁힌 윤명산이 잔뜩 공력을 실어 외쳤다.

"학익개진(鶴翼開陣)!"

짧은 호령이 떨어진 순간, 급박하게 달려가던 삼백의 무인이 순식간에 대형을 바꾼다.

쐐기의 뒤쪽 양끝이 갑자기 새가 날개를 펼치듯 앞으로 뻗어 나가는 반면, 쐐기의 뾰족한 부분은 급박하게 속도를 줄이며 양쪽 날개의 뒤로 처진다. 하늘에서 보면, 거대한 새 한 마리가 양쪽 날개로 마을을 끌어안는 듯한 형태.

먼 옛날부터 보병들의 가장 보편적 진형인 학익진이었다.

"적이다!"

"막아라!"

율천당의 진군 소리에 이미 잔뜩 긴장을 하고 대기하고 있던 마을의 무인들이 저마다 병장기를 들고 튀어나왔다.

"진을 유지한 채 적들을 밀어내라!"

윤명산 또한 명을 내리고, 순식간에 전투가 벌어졌다.

쿠웅!

담씨세가 무인들의 전투에서 절대 빠지지 않는 것 중 하나가 바로 세차게 발을 구르는 소리. 그리고 그것이 신호라도 되는 듯, 조를 이루는 열 명의 무인들은 일사불란하게 전투를 수행한다.

담씨세가는 외삼당부터가 천지인을 따라 명명되어 있고, 각 당의 아래에 있는 세 개 향 역시 천지인의 이름을 딴다.

율천당 천자향의 제 구조에 속한 열 명의 무인들이 자신들을 향해 달려드는 스무 명의 적들 맞이했다.

"삼괘칠획(三罫七劃)!"

조장의 외침에 조장을 포함산 선두의 세 사람이 땅을 박차며 고꾸라질 듯 몸을 숙인 채 튀어 나간다.

"흐아앗!"

갑작스러운 돌진에 스무 명의 적들이 급히 발을 멈추며 세 사람을 향해 도검을 휘둘렀다.

하지만 쇄도하는 세 사람의 발걸음에는 일말의 망설임도 보이지 않는다.

칵, 카카칵!

오히려 쏟아져 내리는 날붙이들을 완벽하게 받아 내며 더욱 깊숙이 적들의 틈으로 파고들며 손에 든 대도를 휘둘렀다.

"으아악!"

두 줄기 비명이 울렸다. 당황한 적들이 깜짝 놀라 사방으로 흩어진다. 하지만 그것이 그들의 결정적인 실수.

십여 명의 마을 무인들이 단말마의 비명을 내지르며 바다로 피를 흩뿌렸다.

구조의 남은 일곱 명의 무인들이 무시무시한 기세로 흩어진 적들을 쓸어버린 것이었다.

"육위사금(六衛四擒)!"

연달아 터지는 호령. 하지만 구조의 무인 중 누구 하나 당황하는 이는 찾아볼 수가 없었다. 호령과 동시에 흩어지는 마을 무인들을 도륙하던 일곱 중 세 명이 안쪽으로 들어간 세 명에게 다가간다.

또다시 벌어진 갑작스러운 돌진에 남아 있던 예닐곱 명의 마을 무인들이 황급히 전면을 방어하며 뒤로 물러서는 순간, 그들의 뒷덜미로 묵직한 압력이 떨어져 내렸다.

쿵, 쿠쿵!

하나같이 약속이라도 한 듯 땅에 머리를 처박으며 바닥을 나뒹굴었다.

"십완보(十緩步)!"

쉴 새 없이 호령이 이어진다.

그리고 단 한 번의 끊어짐도 없이 열 명의 무인들이 마치 한 사람인 양 일사불란하게 움직이며 또 다른 적을 찾아 걸음을 옮긴다.

담기령이 저쪽 세상에서 할아버지가 만들어 놓았던 영지군의 운용법을 이쪽의 사정에 맞게 개선한 전투 방식이었다.

숫자 십을 앞뒤로 나누어, 각각의 상황에 맞는 호령을 만들어 조를 운용하는 것이었다. 각 조의 구성원 열 명은, 조장을 첫 번째로 하여 열 번째 조원까지 자신의 순서를 부여받아 앞에 부른 수와 호령에 따라 순서대로 먼저 행동하고, 나머지는 뒤의 호령에 따라 움직이는 방식이었다.

전후로 각각 스무 개씩의 호령을 만들고, 호령을 듣는 즉시 몸이 먼저 반응할 수 있도록 피나는 수련을 거친 끝에 완성된 전투 방식이었다.

그리고 그 전투 방식이, 담씨세가 무인들이 익힌 철격과 기갑무와 합쳐지며 무림은 물론 군에서도 그 유래를 찾아볼 수 없는 기가 막힌 진법이 탄생한 것이었다.

"크아아악!"

사방에서 비명이 쏟아졌다. 마을의 무인들이 기를 쓰며 율천당 무인들을 공격해 보지만, 덤벼드는 족족 피를 쏟으며 순식간에 시체로 화했다.

칼을 휘두르는 담씨세가 무인들은 그 누구 하나 표정이
변하는 이가 없다. 적을 상대하는 손속에 일말의 사정도 보
이지 않는다.

보기에 따라서는 일방적인 살육으로 비춰질 수도 있었고
잔악무도함으로 보일 수도 있었다. 하지만 담기령은, 그것
이 전투에 있어서는 절대적으로 옳은 태도라 생각했다.

물론 그로 억울한 죽음이 생길 가능성도 있었다. 하지만
일말의 망설임, 작은 흔들림이 어느 순간 아군의 몰살로 이
어질 수도 있다고 생각하면 그것은 감수해야 한다는 것이
담기령의 지론(持論)이었다.

삽시간에 마을 하나가 시체가 가득한 학살 현장으로 바
뀌었다.

"후우!"

구릉 위쪽에 서서 그 광경을 지켜보는 담기령의 두 눈에
힘이 들어갔다.

'이제 완벽해진 것 같군.'

담씨세가 무인들을 두고 내리는 평가였다. 그동안 외삼
당 무인들에게 많은 경험을 쌓도록 했고, 얼마 전에는 무림
맹을 향한 무력시위를 하며 지옥과도 같은 강행군을 통해
어마어마한 실전 경험을 만들어 주었다.

그 결과로 지금 담기령의 눈에 담긴 담씨세가 무인들의
전력은, 저쪽 세상에서 할아버지가 만들어 놓았던 제국 최

고의 정예병인 드레이크 공작군에 버금갈 정도라는 것이 담기령의 평가였다.

그때 하늘 위로 십여 마리의 비둘기가 사방으로 흩어져 날았다. 고개를 들어 그 광경을 쳐다본 담기령의 시선이, 아래로 보이는 마을 너머의 작은 곳간으로 향했다.

지난 번, 백무결과 함께 공격했던 마을에도 있던 연락을 담당하는 곳이었다. 물론 담기령은 그 존재를 알고 있으면서도 일부러 공격하지 않은 것이었다.

어차피 중원 곳곳에서 이 마을과 같은 일이 벌어지고 있었다. 연락을 완전히 차단할 수 있다면 모르지만, 그중 어느 곳에서 실수가 나올지 모를 일이었다.

그렇다면 차라리 내륙에 있는 모든 거점 마을에서 한꺼번에 지금의 상황을 알리는 것이 낫다고 판단을 했던 것이다. 그럴 경우, 거점을 치는 것으로 인적, 물질적 타격을 입히는 동시에 그 모든 것을 잃은 데 대한 심리적 타격까지 입힐 수 있기 때문이었다.

담기령이 그렇게 생각을 정리하는 사이, 마을을 완전히 쓸어버린 율천당 무인들이 다시 대형을 유지하며 담기령을 향해 돌아오고 있었다.

가장 앞장서서 달려온 윤명산이 담기령을 향해 외쳤다.

"역적들의 거점 마을 토벌을 마쳤습니다!"

"고생하셨습니다. 우리가 입은 피해는 얼마나 됩니까?"

무림영주

"중한 부상이 일곱, 경미한 부상이 스물셋, 사망한 자는 없습니다."

중상과 경상의 차이는 보름 내에 다시 전투를 치를 수 있는지 없는지에 따라 나누는 것이, 담기령이 정한 구분법이었다. 중상을 입은 이들은 본가나 가까운 마을에서 치료를 하게 되고, 그들이 빠진 자리는 본가에서 새롭게 충원을 하는 것이 담씨세가의 방식.

윤명산의 보고에 담기령이 만족한 표정으로 고개를 주억거리며 말했다.

"저 마을은 관졸들이 와서 정리를 할 터이니, 우리는 본가로 갑시다. 이제 바다로 나갈 준비를 해야지요."

"예, 가주님!"

우렁찬 대답과 함께 율천당 삼백의 무인이 담기령과 함께 다시 길을 나섰다. 모두들 방금 전투를 마친 참이었지만, 누구 하나 지친 기색이 보이지 않았다.

5장
진수(進水)

"도주님!"

문 밖에서 들려오는 다급한 외침에 주형천이 두 눈을 가늘게 좁혔다.

목소리는 분명 오행사령 임세헌의 것이었다. 그런데 채 문 앞에 도착도 하기 전에 저리 큰 소리로 외치는 데는 뭔가 심각한 일이 벌어졌다는 뜻이었다.

"들어오라!"

도착도 하기 전에 주형천이 큰 소리로 외쳤고, 뒤이어 주형천의 집무실 문이 부서질 듯 열렸다. 방 안으로 들이닥친 이는 방금 전 큰 소리로 외쳤던 임세헌만이 아니라, 좌군사령 육비두도 함께였다.

"무슨 일이냐?"

"큰일 났습니다!"

"말을 하라!"

어찌나 급히 달려왔는지 임세헌은 턱까지 차오른 숨을 고르느라 대답을 못하는 사이, 육비두가 입을 열었다.

"담씨세가가 결국 일을 벌였습니다."

"무슨 일을 말인가?"

"놈들이, 절강무련 놈들이 절강은 물론 남직례, 복건, 강서에 있는 우리의 거점을 한꺼번에 공격하고 있습니다."

"그게 무슨!"

주형천이 이해할 수 없다는 표정으로 외쳤다. 그리고 황급히 머릿속으로 생각을 정리한 후 다시 물었다.

"우리의 거점만 공격한다는 게 무슨 의미냐? 설마?"

오왕도에서는 은밀하게 병력을 이동시키고, 물자를 분배하기 위해 중원 곳곳의 마을들을 점령해 자신들의 거점으로 삼았었다. 즉, 지금 공격당하고 있다는 거점은 모르는 사람이 보기에는 평범한 마을일 뿐이었다.

그런데 별다른 이상한 점이 보이지 않는 거점만을 골라 공격을 한다는 말은, 담씨세가가 자신들의 거점이 어디인지 정확하게 파악하고 있다는 뜻이었다.

이것을 한 번 더 나아가 생각하면, 담씨세가가 거점에 대해 안다는 것은 그 위에 있는 자신들의 존재 역시 파악했다는 의미였다.

하지만 그런 일은 상상조차 할 수 없는 일이었다. 정체가 드러나는 것을 피하기 위해 얼마나 많은 노력을 했었던가. 그런데 이리 허무하게 알려진다니 황당하기 짝이 없다.

그때 겨우 숨을 고른 임세헌이 급히 말했다.

"일전에 말씀드렸던 왕유생을 사로잡아 심문해 본 결과, 왕유생이 우리에 대한 정보를 모두 실토했다고 합니다!"

콰아앙!

굉음과 함께 뿌연 먼지가 자욱하게 솟아올랐다. 노기를 참지 못한 주형천의 손에 탁자가 그대로 산산조각이 나 버린 것이었다.

"도, 도주님!"

임세헌과 육비두가 황급히 바닥에 부복하며 외친다.

"그 말은 지금 이곳 오왕도의 위치까지 놈들이 알 수도 있다는 뜻인가!"

"그, 그렇습니다!"

갑자기 머릿속이 새하얘지며 아무런 생각이 떠오르지 않았다. 얼마나 오랜 시간 준비해 온 일인데 이렇게 허무하게 일이 틀어진단 말인가.

애써 정신을 수습한 주형천이 임세헌을 향해 물었다.

"점창이나 청성, 공동에서의 연락은?"

"그렇지 않아도 어제 도착했어야 할 정기 연락이 오지

않아 보고를 드리려던 참이었습니다."

"큭!"

내륙에 있는 거점의 상황을 생각하면 밀약을 맺은 세 문파에 대해서도 절대 낙관할 수 없는 상황. 아니, 이 시점이라면 이미 정체가 발각되었다고 판단하고 더 이상 생각을 하지 않는 쪽이 옳다.

그 순간 갑자기 머릿속에 떠오르는 것이 있었다.

"무림맹에서 담가 놈이 일을 저질렀다는 사실이, 혹시 우리를 기만하기 위한 거짓 정보였던 건가?"

청성, 점창, 공동 세 문파가 당했다는 말은 무림맹이 움직였다는 뜻이었다. 하지만 얼마 전의 들어온 소식에 따르면, 무림맹은 담기령에 의해 어수선하기 짝이 없는 상황이었다.

앞뒤가 맞지 않는 이야기. 즉, 청성이나 공동, 점창이 당한 것이 기정사실이라면 담기령이 무림맹에서 일을 저질렀다는 것이 거짓이라는 전제가 필요했다.

절강, 남직례, 복건, 강서의 거점을 공격하고 있는 절강무련의 행보와 밀약을 맺은 세 문파의 상황을 비추어 보면 그럴 가능성이 무척 높았다.

"크으윽, 담기령 이놈이!"

주형천이 이를 악문 채 신음을 흘리듯 중얼거린다. 하지만 지금은 분노를 곱씹을 때가 아니다.

"오행사령, 만약 놈들이 이곳을 노리고 있는 것이라면 우리에게 얼마의 시간이 있는 것인가?"

"길어야 열흘입니다."

"언제부터 상황을 그리 낙관적으로 보았나?"

"죄, 죄송합니다. 엿새, 짧게 생각하면 엿새 후면 섬으로 들이닥칠 가능성이 있습니다."

"섬을 비우는 데 필요한 시간은?"

오왕도는 나라 자체를 뒤집어엎으려는 집단이었다. 위급한 상황에 대해서는 항상 철저하게 대비한다. 이렇게 섬을 옮겨야 할 경우에 대해서도, 늘 준비를 해 두고 있었다.

"닷새, 닷새면 충분합니다."

"당장 움직여라!"

"알겠습니다!"

"미치겠군!"

캄캄한 공간 안에 푸념 섞인 중얼거림이 나지막이 울려 퍼졌다. 공간의 위쪽에서 드문드문 빛이 보이지만, 어두운 공간 안을 밝히기에는 턱없이 부족하다.

하지만 아무리 어두운 공간이라 해도 단련된 무인의 눈은, 약간의 빛만으로도 웬만큼 시야를 확보할 수 있었다.

어두운 공간의 정체는, 지면에서 깊이 땅을 파서 만든 일종의 토굴이었다. 땅에 나 있는 입구는 사람 하나가 겨우 드나들 수 있을 정도로 좁지만, 수직으로 뚫려 있는 입구를 지나 아래로 내려가면 토굴은 지면과 수평의 방향으로 꺾여 있고, 그렇게 꺾인 이후의 토굴은 장정이 허리를 굽히면 서 있을 수 있을 정도의 높이로 만들어져 있었다.

공간의 넓이는 장정 두 명이 비좁게 누우면 잠을 잘 수 있는 정도가 되었고, 그 안에 두 사람이 벽에 등을 기댄 채 앉아 있었다.

"나도 입에서 풋내가 가시질 않는다, 젠장. 아, 익힌 걸 먹은 게 얼마나 됐더라?"

처음의 투덜거림에, 나란히 앉은 사내가 대답하듯 묻는다.

"여기 온 지가 대충 한 달 쯤 됐으니, 딱 그만큼이겠 지."

"허구한 날 과일 아니면 풀뿌리니……."

"그거라도 감지덕지지."

그때 한 사내가 갑자기 눈동자를 좌우로 돌리며 말했다.

"야, 조장 오기 전에 안에 있는 육포 어때?"

나머지 한 사내가 기겁한 표정으로 도리질을 친다.

"미, 미쳤냐?"

"안 들키면 되지."

"안 들킬 거 같냐?"

"들키면 또 어때? 이미 먹은 걸 게워 내라고 하겠냐?

아니면 여기서 벌이라도 주겠냐?"

"그래도……."

그때였다.

"나와라!"

갑자기 토굴 안으로 환한 빛이 들이 닥치며 나지막하지만 분명한 외침이 울려 퍼졌다.

"헉! 조, 조장!"

처음 육포를 먹자고 말하던 사내가 기겁을 하며 고개를 쳐들었다. 다른 사내 역시 엉거주춤한 자세 그대로 딱딱하게 굳었다.

곧장 되돌아오지 않는 대답에, 조장이라 불린 사내가 다시 한 번 말했다.

"빨리 나와, 이것들아! 지금 섬에 난리 났다고!"

그제야 멈춰 있던 머릿속의 사고가 다시 돌기 시작했다.

"예, 나갑니다!"

"가, 갑니다!"

대답과 동시에 두 사내의 신형이, 언제 그렇게 얼어 있었냐는 듯 바람처럼 움직인다.

처음 육포 얘기를 꺼냈던 사내가 아까 가리켰던 큼직한 자루를 집어 들었고, 다른 한 사내는 토굴 가장 안쪽에서 또 다른 커다란 자루 하나를 어깨에 들쳐 멨다.

"무, 무슨 일입니까?"

토굴을 빠져나온 두 사람이 물었지만, 조장은 대답을 하는 대신 손짓을 하며 몸을 날린다.

"가서 봐라."

두 사람의 발걸음이 조장을 쫓았고, 짧은 거리를 내달린 조장은 높은 아름드리나무를 다람쥐처럼 타고 올랐다. 뒤따르던 두 사람 역시 재빨리 나무를 탔다.

꽤 높은 곳의 굵은 가지를 하나씩 차지하고 자리를 잡은 세 사람의 시선이 동시에 저 아래로 향한다.

"설마, 지금입니까?"

"그런 것 같다."

짧은 대화를 나눈 세 사람의 시야에 담긴 것은, 바다 한가운데 자리한 거대한 한 섬의 광경이었다.

바로 오왕도였다. 오왕도는 바다 망망대해 한가운데 자리한 커다란 섬으로, 섬 가운데에는 두 개의 봉우리가 있는 산이 솟아 있었다.

그리고 세 사람은 담씨세가에서 오왕도를 염탐하기 위해 섬으로 잠입한 척후들로, 두 개 봉우리 중 하나의 정상 근처 커다란 나무에 올라와 있었다.

담기령은, 오왕도의 움직임을 주시하고 예상 은신처를 찾기 위해 총 세 가지 방법을 사용했다.

그 첫 번째가 기웅천이 신분을 위장하고 섬으로 들어가는 것이었고, 두 번째는 이세신과 유춘을 통해 오왕도와 가까운 은신처를 물색하는 것, 세 번째가 바로 지금 이 척후들이었다.

하지만 이 역시 쉽지는 않았다. 이 일 역시 생환을 보장할 수 없는 일이기 때문이었다. 거기에 더해 최소 네 시진 정도 바다를 헤엄칠 수 있어야 한다는 조건도 필요했다. 어지간한 배를 타고 오왕도에 가까이 가면 적들의 눈에 띌 수밖에 없으니, 달이 뜨지 않는 밤을 골라 먼 곳에서부터 헤엄쳐 오왕도로 들어가야 하기 때문이었다.

그렇게 지원을 받아 뽑힌 사람이 총 네 명이었다.

그중 지금 있는 사람은 세 사람. 소상의 이름은 이호중이었고, 작은 자루를 든 사내가 권화동, 큰 자루를 들쳐 멘 사내가 나대범이었다.

처음에는 네 사람이 왔었는데, 한 명은 기웅천 등 세 사람이 섬으로 왔을 때 보고를 위해 섬을 나간 상태였다. 전서구는 훈련을 통해 정해진 지역만을 오갈 수 있고, 전서응 같은 큰 날짐승은 눈에 띄기 쉽기 때문에 어쩔 수 없이 사람이 직접 움직여 보고를 하는 방법을 쓸 수밖에 없었던 것이다.

평소에는 세 사람이 교대로 이 나무에 올라와 섬의 동태를 살피고, 매일 밤 마을과 포구로 들어가 동향을 살피기도 했다. 그 덕에 기웅천 등이 섬으로 들어온 직후, 포구에 남겨 놓은 표식을 통해 그들이 들어온 것을 알 수 있었다.

그런데 지금은 아주 큰 변화가 생겼다. 자연히 세 사람도 지루한 은신을 끝내고 움직일 때가 된 것이었다.

세 사람의 눈 아래 펼쳐진 섬의 광경은 평소와 아주 달랐다. 포구의 선착장은 물론, 바다 쪽에 평소보다 세 배나 많은 배들이 떠 있었다. 커다랗게 자리한 마을에는 모든 집에서 사람들이 줄줄이 쏟아져 나와 포구로 향하고 있었고, 비어 있는 집으로 보이는 곳에는 불길이 솟구치고 있었다.

이곳 오왕도처럼 비밀스러운 일을 꾸미는 곳이라면, 정보의 유출이 가장 민감한 문제였다. 마을 각각의 집들은 오왕도 무인들이 가족들과 함께 사는 곳이다 보니 아주 작은 것이라도 정보가 남겨져 있을 가능성이 있는 탓에 집들을 불태워 혹시나 모를 단서들을 제거하는 것이었다.

소란스러운 곳은 마을만이 아니었다. 마을과 떨어진 거대한 장원 쪽 역시 소란스럽기는 마찬가지였다. 오왕도의 일종의 관청인 곳. 도주의 집무실은 물론, 각 기관들이 자리한 곳으로 사람들이 가장 바쁘게 움직이고 있었다.

"움직여야겠지?"

이호중의 물음에 권화동과 나대범이 굳은 얼굴로 고개를 끄덕이고, 세 사람은 약속이나 한 듯 땅으로 내려섰다.

"무장한 후 바로 움직인다."

"예!"

외침과 함께 권화동이 들쳐 메고 있던 큰 자루를 뒤집어

내용물을 쏟아부었다.

요란한 소리와 함께 바닥으로 쏟아진 것은, 이제는 담씨세가 무인들의 상징이나 마찬가지인 갑주들과 대도였다.

거의 동시에 투구와 흉갑, 비구, 각반을 착용한 세 사람은 약속이나 한 듯 산비탈을 따라 달리기 시작했다.

"나오십시오!"

정삼도가 씁쓸한 표정으로 뇌옥 안쪽을 향해 말했다. 뇌옥 안에는 기웅천과 오평안, 장삼 세 사람이 앉아 있었다.

"무슨 일이냐?"

밖에서 들리는 소란스러움에 기웅천이 인상을 찡그리며 물었다. 하지만 정삼도는 그에 대한 대답을 하는 대신, 아까 했던 말을 재차 꺼냈다.

"일단 나오십시오!"

뇌옥의 문은 훤히 열려 있는 상태.

하지만 기웅천 등 세 사람은 쉬이 발을 떼지 않았다. 밖의 소란스러운 상황과 정삼도의 묘한 표정으로 보건데 좋지 않은 일일 게 분명하기 때문이었다.

하지만 뇌옥에 갇히기 전 산공독을 마셔 내공을 쓸 수 없는 세 사람이었다. 물론, 담씨세가 무공의 특징을 생각하면 내공이 없다 해도 어지간한 무인은 충분히 상대할 수 있었다. 하지만 적진의 중심부인 곳에서 그런 짓을 했다가는, 몇 놈 죽인 후 자신들도 죽을 게 빤했다.

맡은 임무가 있는데 그런 멍청한 짓을 할 수는 없는 법. 결국 기응천이 더 이상 반항하지 않고 발을 떼고, 오평안과 장삼이 그 뒤를 따랐다.

뇌옥 창살문 밖의 복도로 나와 보니, 정삼도처럼 죄인들을 끌고 나가는 이들의 모습이 여럿 보였다.

오평안의 눈이 그런 복도의 광경을 세심하게 살폈다.

'이거 확실히⋯⋯.'

오왕도에서는 특별히 관복 같은 것은 없었지만, 자신의 신분을 나타내는 표식이 있었다. 오른쪽 팔뚝에 각각 넓은 천을 매고 있었는데, 천의 색깔과 천에 자수로 수놓인 선의 개수로 지위를 나타내는 듯했다.

정삼도는 파란 천에 검은 색 네 개의 굵은 선이 자수로 수놓여 있었다. 그리고 뇌옥 안에서 사람들을 끌고 가는 이들 대부분이 천의 색깔은 다르지만 자수가 된 굵은 선이 세 개에서 다섯 개 정도였다. 정삼도와 비슷하거나 더 높은 직급의 사람들이라는 뜻.

뇌옥에 갇힌 때로부터 지금까지 오평안이 파악한 바로는, 이 뇌옥에 갇힌 이들은 모든 섬에서 나름 지위가 있는 자들이 외부에서 포섭해 데리고 온 사람들이었다.

오왕도는 계획하고 있는 일의 성격상 강한 무인들이 많으면 많을수록 좋았고, 그 고수의 수를 보충하기 위해 끊임

없이 외부 무인들을 받아들였다.

하지만 아무나 섬의 사람으로 받아들일 수는 없기에, 일단 섬으로 들어오면 그 신분에 의혹이 없어질 때까지 뇌옥에 가두어 놓는 것이었다.

그렇기 때문에 말이 뇌옥이지 편안한 치상과 다기들까지 제대로 구비되어 있는 편안한 객방과 같은 곳이었다. 앞으로 섬의 중책을 맡을 지도 모를 이들이기 때문에 귀한 손님으로 대접해 주는 것이었다.

그런데 지금 분위기가 심상치 않았다. 끌고 나가는 이들의 표성이 하나같이 섭섭하기 짝이 없었다. 세나가 밖에서 들리는 소란스러움. 답은 빨랐다.

은신처로 이전을 준비하는 것이었다. 그리고 은신처로 옮겨 간다면, 당장 자신들과 한편이 아닌 이 뇌옥에 갇힌 이들은 죽여서 비밀을 지킬 수밖에 없었다.

모든 것이 임무를 시작할 때 담기령이 미리 당부했던 사안들이었다.

오평안이 팔꿈치로 기웅천의 옆구리를 쿡 찍은 후, 귓속말을 전한다.

"가주님이 말씀하신 때인 듯합니다."

"내 생각도 마찬가지다."

"어떡합니까?"

"조용, 일단은 따라간다."

서로 눈짓을 주고받은 세 사람은 몸의 조심스레 정삼도의 뒤를 따랐다.

정삼도를 따라 뇌옥 밖으로 나오니 가장 눈에 들어온 것은 바쁘게 이리저리 뛰어다니는 이들. 그리고 모든 건물들 주위에 바싹 마른 장작들이 쌓이고 있었다. 그리고 저 멀리에서는 이미 시커먼 연기가 하늘 높이 솟구치고 있었다.

담기령에게 들었던 이야기 중 하나였다. 어떻게 남아 있을지 모를 단서를 지우기 위해 불을 지를 거라는 이야기를 들었었다.

"어서 따라오십시오!"

주변을 살피느라 걸음이 느려진 세 사람을 향해 정삼도가 한층 굳은 얼굴로 외쳤다.

하지만 기응천은 발을 멈춘 채 굳은 표정으로 물었다.

"지금 우리를 죽이러 가는 것이냐?"

"무, 무슨 이유로 그런 생각을 하, 하는 겁니까?"

정삼도가 찔끔한 표정으로 도리질을 친다. 하지만 이미 얼굴로는 그렇다는 것을 시인하고 있었다.

"이 빌어먹을 놈의 새끼. 뇌옥에 갇혀 죽을 놈을 구해 줬더니 이런 식으로 갚는단 말이냐?"

"그, 그런 게 아닙니다! 서, 섬의 사정이 갑자기……."

"시끄럽다. 이 개잡놈의 새끼야. 결국 이래서 바다에 사는 놈들을 믿는 게 아니었는데!"

기웅천이 정삼도를 잡아먹을 듯한 표정으로 노려보며 불끈 주먹을 쥔다.

차앙!

정삼도가 당혹스러운 표정으로 뒷걸음질을 치며, 등에 메고 있던 쌍도를 뽑아 들었다. 길이가 보통 칼의 절반 정도에 칼등은 보통 칼의 두 배 정도로 두꺼운 기형도였다.

"나도 이러기 싫습니다. 하지만 섬의 사정이 갑자기 변했단 말입니다. 그러니 따라오십시오. 고통 없이 보내 드리겠습니다."

"닥쳐라, 이 망할 잡놈의 새끼야!"

장삼이 버럭 소리를 지르며 한 발 앞으로 나선다.

"나도 어쩔 도리가 없단 말입니다!"

정삼도가 버럭 소리를 지르는 순간, 장삼이 급히 땅을 박찬다. 그때였다.

"셋째야, 잠깐만!"

득달같이 달려들던 장삼이 거짓말처럼 동작을 멈춘다. 하지만 자신을 막은 기웅천의 행동에는 짜증이 난다는 듯 신경질적으로 외쳤다.

"뭐요, 대형?"

"흠! 여기서 이래 봐야 아무런 소용이 없지 않느냐? 저 놈이 우리를 어디로 끌고 가는지 보자."

"무슨 수작이요? 따라가 봐야 저놈 손에 죽기밖에 더하겠소?"

"감히 이 대형의 결정에 토를 달겠다는 거냐?"

버럭 호통을 내지르는 기웅천의 서슬에 장삼이 바로 꼬리를 내렸다.

"아, 그런 건 아니고……."

장삼이 슬쩍 뒤로 물러서자, 기웅천이 정삼도를 향해 말했다.

"어디, 네놈이 무슨 짓을 하는지 한번 보자."

정삼도가 세 사람을 이끌고 간 곳은, 마을에 자리한 한 채의 집이었다. 분위기로 보아 정삼도의 집인 듯했는데, 꽤 높은 정삼도의 지위를 나타내 주는 듯 집도 꽤 큰 축에 속했다.

"네놈 집인 모양이구나."

기웅천의 물음에 정삼도가 고개를 끄덕였다.

"양지 바른 곳에 묻어 주지는 못해도, 화장(火葬)은 시켜 줘야 되지 않겠습니까?"

정삼도의 말대로 이 집의 건물 주위에도 마른 장작이 잔뜩 쌓여 있었다. 어차피 마을의 집들은 모두 불태울 예정이니, 집과 함께 화장을 시키겠다는 소리다.

"빌어먹을 새끼!"

"미안합니다."

정삼도가 다시 한 번 사과를 하더니, 품에서 작은 약병

세 개를 꺼내 내밀었다.

"이게 뭐냐?"

"고통 없이 편하게 보내 드릴 겁니다."

정삼도의 말에 기웅천이 갑자기 웃음을 터트린다.

"크큭!"

"내가 해 줄 수 있는 게 이것밖에 없습니다."

"크크크큭, 미안하지만 우리는 죽어 줄 수가 없겠다."

"반항해 봐야 고통스러운 죽음만 있습니다. 그러
니……."

"죽는 건 너다."

"하아, 그런 말도 안 되는 소리는 하지 마시고……."

그때였다.

콰앙, 와당탕!

요란한 굉음과 함께 거센 바람이 정삼도를 휘감았다.

"헙! 누, 누구냐!"

깜짝 놀란 정삼도가 자신의 쌍도를 뽑아 들며 황급히 뒷
걸음질을 쳤다. 동시에 자신을 향해 날아드는 바람의 정체
를 보았다.

두 자루 대도, 그리고 몸 곳곳에 검은 갑주를 걸친 자들.
기겁을 한 정삼도가 큰 소리로 외쳤다.

"다, 담씨세가!"

오왕도의 선단장이었기에 악명 높은 담씨세가에 대해 알

고 있었던 것이다. 그리고 그것이 정삼도가 남긴 마지막 말
이 되었다.

스걱!

"끄억!"

섬뜩한 소음과 함께 정삼도가 단말마를 내지르며 바닥으
로 털썩 쓰러졌다.

"괜찮으십니까?"

쓰러진 정삼도 뒤로 모습을 드러낸 이는, 이호중과 권화
동이었다. 지금이야 둘 다 조장을 맡고 있었지만, 기웅천
은 율천당 소속 지자향 향주였고, 이호중은 숭인당의 조장
이었다. 기웅천이 이호중 보다 지위가 더 높은 것이다.

"괜찮네. 자네들은?"

"저희도 문제없습니다."

이호중 등 척후조가 해야 할 일 중 하나는, 기웅천 등이
위험에 처했을 때 그들을 구하는 일. 만에 하나 그들을 구
하지 못한다면, 섬을 비우는 오왕도 무리들의 뒤를 쫓아 그
들의 은신처를 찾아내는 것이었다.

이호중이 기웅천을 향해 물었다.

"이제 어찌하실 계획입니까?"

"배에 오르는 마을 사람들 사이에 몸을 숨기고 따라가야
지."

"들킬 우려가 있습니다만?"

"다른 방법이 없지 않은가?"

그때였다. 하나의 그림자가 방 안으로 뛰어 들어왔다. 이호중이 반사적으로 대도를 들고 기웅천 앞으로 나섰다.

"조장, 접니다!"

방으로 들어온 이는 모습이 보이지 않던 나대범이었다. 그런 나대범의 손에 들린 것은, 하나의 약병.

"해독약을 찾아왔습니다."

나대범이 손에 들고 있던 약병을 기웅천에게 건넸다. 기웅천이 약병을 받아 해약을 마신 후, 옆에 있는 오평안과 장삼에게 건넸다.

그사이 권화동이 아까부터 들고 있던 커다란 자루를 기웅천에게 넘겼다.

"갑주와 칼입니다."

"고맙네. 자네들은?"

"우리는 섬에서 빼돌릴 수 있는 정보들을 입수한 후, 가주님께 돌아갈 예정입니다."

"알았네. 부디 조심하고, 가주님께 제대로 상황을 전해주게."

"알겠습니다."

말을 마친 이호중이 권화동과 나대범을 이끌고 집을 나섰다. 기웅천은 들고 있던 자루를 오평안에게 건넨 후, 장삼에게 말했다.

"나는 불을 붙일 준비를 할 테니, 너는 입을 옷을 좀 구해 와라."

집안에 정삼도의 시신이 있을 것을 보게 되면 들킬 우려가 있었다. 그냥 태워 버리는 것이 나중에 소란이 있을지언정 안전한 선택이었다.

"예, 향주님."

대답과 함께 세 사람도 급히 집을 나섰다.

"이제 때가 되었습니다."

굳은 표정으로 입을 연 이는 태자인 주휘량이었다. 그렇게 운을 뗀 주휘량이, 곁에 선 담기령을 향해 슬쩍 고개를 끄덕였다.

"준비는 되셨습니까?"

주휘량의 신호를 받은 담기령이 함께 모여 있는 사람들의 얼굴을 쓸어 보며 물었다.

그 말에 무림맹에서 온 여섯 개 문파의 장문인과 사대세가의 가주들, 그리고 절강무련을 대표해 자리에 참석한 이석약이 굳은 얼굴로 고개를 끄덕였다. 모두들 이번 토벌군의 부총병에 임명된 이들과 무림맹 군사 중 하나인 구여상이었다.

지금 사람들이 모여 있는 곳은 관류각이라는 작은 누각 안이었다. 누각에 앉으면 유유히 흐르는 넓은 강의 풍광이 한눈에 들어오는 곳으로, 원래는 전단강의 풍광을 즐기기 위해 만들어진 누각이었다.

하지만 지금은 모여 있는 이들 중, 강의 풍광을 즐길 만한 여유를 가진 이는 없었다.

관류각이 자리한 곳은, 절강성 내륙 쪽인 엄주부 부도의 전단강 강변이었다. 먼 바다로 나갈 수 있는 큰 배들이 모여 있는 광경은 사람들의 이목을 집중시킬 수밖에 없었다. 당연히 소문이 나게 될 것이고, 그로 인해 오왕도의 역적들이 이쪽의 움직임을 눈치챌 가능성이 있었다.

그런 이유로 주휘량은 중원 각지에 있는 왕부의 세자들을 불러 연회를 열며 세상의 이목을 집중시켰고, 그사이 오왕부와 구씨세가가 사람들의 눈을 피해 엄주부의 은밀한 곳에 배를 모아 놓은 것이었다.

그리고 이제 마지막을 향해 가기 위해 지금 이곳 관류각에 모인 것이었다.

점창, 공동, 청성을 봉문 시키고 내륙에 있는 역적들의 거점을 토벌했으니, 마지막으로 바다 밖에 있는 역적 무림의 진짜 몸통을 치기 위해 대기하고 있는 것이었다.

담기령이 모인 이들과 일일이 눈을 한 번씩 마주쳤다. 그러면서 제갈무산과 구여상에게는 묘한 표정으로 피식 웃어 주는 것 또한 잊지 않았다. 그들 때문에 발생한 위험에 대해서 책임을 묻는 동시에 나중에 대가를 치르게 될 거라는 의미의 미소였다.

담기령은 그렇게 일일이 시선을 맞춘 후 다시 입을 열었다.

"거듭 말씀드리지만 상륙하기 전까지는 절대 갑판 위로 올라오지 마십시오. 여러분이 고강한 무인이라는 것은 분명하지만, 바다에서의 전투는 무공만으로 할 수 있는 게 아닙니다. 바다에서의 싸움은, 절강무련에서 맡을 테니 여러분은 섬에서의 전투를 맡아 주십시오."

절강무련의 역할은 토벌군의 주력을 역적들의 은신처까지 무사히 상륙시키는 것이었다. 그리되면 절강무련은 무공은 약하지만 아주 중요한 역할을 하게 되는 셈이었고, 나중에 논공행상을 할 때도 많은 것을 얻을 수 있었다.

담기령의 당부에 무림맹 맹주 현산이 대표로 대답을 했다.

"알겠습니다, 총병관. 제자들에게도 단단히 일러 두겠습니다."

"제자들은 모두 배에 올랐습니까?"

"이미 다 끝마쳤다고 보고를 받았습니다."

고개를 끄덕인 담기령이 슬쩍 한 걸음 뒤로 물러서며 다시 주휘량에게 자리를 내주었다.

"원래대로라면 열병식을 열고, 폐하의 독려와 토벌군의 건승을 기원하여야 했을 시점입니다. 하지만 상황이 좋지 않다 보니 이렇게 작은 자리밖에 만들 수가 없었습니다. 하지만 중요한 것은 형식이 아니라는 걸 다들 아시리라 생각합니다. 길게 말씀드리지 않겠습니다. 승리하고 돌아오십시오. 저는 항주의 포구에서 여러분이 모두 무사한 모습으로 승전보를 가지고 오기를 기다리고 있겠습니다."

주휘량의 말에 관류각에 모여 있던 모든 이들이 말없이 깊이 포권을 취했다. 그리고 일제히 누각을 나서 배가 있는 곳을 향해 무거운 발걸음을 옮겼다.

6장
탈출

"다 온 것 같습니다."

어두운 선실 안에서 오평안이 작은 목소리로 속삭였다. 잔뜩 몸을 웅크린 채 선실 벽을 보고 누워 있던 기응천이 그 자세 그대로 고개를 끄덕였다.

그렇지 않아도 배의 흔들림이 잦아드는 듯하더니 밖에서 요란한 외침이 들리고 있었다. 배를 정박시킬 때 외치는 소리들이었다.

"이제 어떡하지?"

"글쎄요?"

두 사람의 얼굴에 난감한 표정이 스친다. 선실 안에는 오왕도에 거주하던 마을 사람들이 잔뜩 타고 있었다.

기응천과 오평안, 장삼은 오왕도에서 마을 사람으로 위장해 배에 올랐고, 사람들과 함께 선실에 머물며 타고 있는 배가 은신처에 도착하기를 기다리고 있었다.

　혹시나 말을 거는 사람이 있을지도 모른다는 생각에, 선실 구석에 얼굴을 묻은 채 누워 있었기에 어찌어찌 여기까지는 올 수가 있었다.

　하지만 진짜 문제는 지금부터였다. 배에 오를 당시에는 오왕도 곳곳에 불을 지르고, 사람들이 다급하게 섬을 떠나는 상황이었다. 그러다 보니 다들 경황이 없고 급했기에 크게 의심받지 않고 배에 오르는 것이 가능했다.

　하지만 이제는 은신처에 도착했기에 어느 정도 여유를 찾았을 터. 배에서 내리는 사람들에 대해 철저하게 확인을 할 것이 분명했다.

　당연히 들킬 우려가 높았다. 아마 얼굴을 알아보는 사람도 있으리라.

　"몰래 바다로 뛰어들까요?"

　장삼의 말에 기응천이 고개를 설레설레 저었다.

　"전에 못 봤냐? 물속에 물귀신들이 잔뜩 있을 게 뻔한데, 들어갔다가는 바로 황천길이다."

　처음 오왕도에 들어갈 때 불쑥 배로 뛰어올랐던 자들을 두고 하는 말이었다.

　"그럼 어떡하지요?"

"지금 할 수 있는 건, 배에 그대로 숨어 있는 거지."

"배에 숨을 데가 있을까요?"

"승선할 때 보니, 오왕도에서 싣고 오는 짐이 잔뜩 있었다. 화물칸이 따로 있을 테니 거기에 일단 몸을 숨겼다가, 밤이 되면 움직여야지."

"보는 눈이 많을 텐데요?"

그때였다.

"도착했습니다! 다들 내리십시오!"

선실 눈이 벌고 한 사내가 큰 소리로 외쳤다. 아마 이 배를 원래 타고 다니던 해적들 중 하나인 듯했다.

사내의 외침에 선실에 잔뜩 모여 있던 마을 사람들이 우르르 한꺼번에 몸을 일으켰다.

기응천이 황급히 오평안과 장삼을 향해 말했다.

"선실 밖으로 나가거든, 눈을 피해 화물칸으로 갈 수 있는 경로를 파악해라. 때가 되면 내가 시선을 끌겠다."

"알겠습니다."

이야기를 마친 세 사람이 선실 문으로 몰려드는 사람들 사이에 슬며시 섞여 들었다.

배는 갑판 바닥 아래에 선실과 화물칸이 있는 구조였다. 정확하게는 따로 구분이 있는 것이 아니라, 사람이 들어가면 선실이고 화물을 쌓으면 화물칸이 되는 셈이었다. 선실이라고 해도 따로 구조가 만들어져 있는 것이 아니라, 큰

방에 사람들이 잔뜩 들어간 형태였던 것이다.

선실 문을 나서니 복도가 보이고, 복도에 꽉 들어찬 사람들의 모습이 보인다.

'많이도 탔네.'

기응천이 복도를 가득 메운 사람들을 확인하며 혀를 내둘렀다. 그만큼 배에 타고 있는 사람들의 수는 생각 이상으로 많았다.

'설마 화물칸도 없는 건 아니겠지?'

그런 생각을 하며 인파의 흐름을 따라 복도를 나서 갑판에 오르니 생각보다 큰 선착장의 광경이 눈에 들어왔다.

길게 늘어선 선착장에는 다섯 척의 배가 정박해 있었고, 바다를 향해 뻗어 있는 선착장 위에는 배에서 내리는 사람들로 가득했다.

'어떻게 한다?'

좁은 곳으로 한꺼번에 사람이 몰리다 보니 배에서 내리기까지는 아직 약간의 여유가 있기는 했다. 하지만 그렇다고 마냥 고민만 하고 있을 수는 없는 일.

잠시 고민하던 기응천이 뭔가 결심을 내린 듯, 짧게 숨을 고른 후 오평안과 장삼을 향해 나직하게 물었다.

"확인은 했냐?"

"예, 갑판 반대쪽에 우리가 올라온 것 같은 계단이 하나 더 있습니다."

"알았다. 너희는 내가 신호를 보내거든, 난간 쪽에 있는 사람들을 바다로 밀어 버려라. 최대한 많이."

"예?"

뜬금없는 이야기에 오평안이 고개를 갸웃거렸지만, 기응천은 더 이상 질문을 받아 주지 않았다.

"하라면 그냥 해라."

말을 마친 기응천이 슬그머니 갑판의 난간 쪽을 향해 방향을 틀었다. 배가 선착장에 정박할 때는, 한쪽 측면을 선착장 쪽에 붙여서 닻을 내리게 되어 있었다. 다시 말하면, 그 반대쪽은 바다 방향. 기응천이 향한 곳은 바다 쪽으로 향해 있는 난간이었다.

정확하게 기응천이 향한 곳은, 난간에 엉덩이를 걸치고 앉아 있는 사내가 있는 쪽이었다.

"위험하니 이쪽으로 오지 마시오."

"헤헤, 사람이 너무 많이 몰려서 좀 기다렸다가 내릴까 합니다요. 어차피 시간이야 똑같은, 좀 천천히 내릴까 하고요."

슬쩍 너스레를 떤 기응천이 사내 옆으로 나가가 난간에 기대섰다.

"어허, 그래도 이쪽은 위험하다니까."

사내가 다시 한 번 기응천을 보내려는 사이, 기응천이 갑자기 허리를 푹 숙이며 두 손을 다리 쪽으로 옮긴다. 언뜻 보기에는 다리가 가려워 바지를 걷어 올리는 듯한 동작.

그런데 뭔가 이상했다.

철컥!

묘한 쇳소리가 울렸다.

"지금 그거 무슨……."

이상하게 여긴 사내가 시선을 내리는 순간, 기웅천의 두 손이 다시 한 번 움직였다.

탁!

정확하게 사내의 턱밑을 올려친 기웅천의 손이 바쁘게 움직였다.

철컥!

그리고 또 한 번 울리는 쇳소리. 기웅천에게 맞아 기절한 사내의 두 다리에 어느새 쇠로 만든 각반이 채워졌다. 원래는 기웅천이 착용하고 있던 담씨세가의 무구(武具).

첨벙!

요란한 물소리가 울려 퍼지는 동시에 기웅천이 큰 소리로 외쳤다.

"사, 사람이 빠졌습니다!"

"무슨 일이야?"

"뭐냐?"

갑작스러운 소란에 여기저기서 웅성거리는 소리가 새어 나온다. 동시에 갑판 위에 있던 사람들이 우르르 난간 쪽으로 몰려오고 있었다.

문제는 단순히 사람이 바다에 빠진 게 아니었다.

"왜 안 올라와?"

"누가 빠진 거야?"

마을 사람이 아닌 배의 무인들이 깜짝 놀라 외친다. 정확하게 본 것은 아니지만, 배에 빠진 이는 자신들처럼 선상생활을 하는 무인이었다. 잠시 중심을 잃어 물에 빠질 수는 있지만, 다시 올라오지 못할 리가 없었던 것이다.

그 이유는 기웅천이 기절을 시킨 후 두 다리에 쇠로 만든 각반을 채운 탓이었다.

"물에 들어가 봐라!"

"어서 건져 올려!"

첨벙, 첨벙!

짧은 소란 끝에 곳곳에서 다시 물소리가 울려 퍼졌다. 배에서 뛰어든 이들도 있었지만, 뭍 쪽에서도 십여 명의 사내들이 뛰어드는 광경이 보였다.

뭍에서 뛰어든 자들은, 기웅천 등 세 사람이 오왕도로 들어갈 때 배로 뛰어올랐던 해영단이리라.

배에 있던 마을 사람들이 구경을 하기 위해 난간으로 몰리고, 모두의 신경이 그쪽으로 쏠리는 순간 기웅천이 반대쪽에 있는 오평안을 향해 눈짓을 했다.

"어어어! 이, 이거 왜 이래?"

"미, 밀지 마!"

오평안과 장삼이 온몸을 난간 쪽으로 밀어붙이며 짐짓 자신들이 다급한 소리를 낸다.

"밀기는 누가 민다고 그러는 거요?"

"어, 어어어!"

뒤이어 난간 쪽에 모여 있던 마을 사람들의 입에서 다급한 외침이 터져 나왔다.

첨벙, 첨벙!

오평안이 밀어붙인 사람들이 앞을 다투어 물로 뛰어들고 그로 인해 사방으로 거세게 물이 튀면서 선착장 위에 좀 더 큰 소란이 일었다.

그리고 소란이 가라앉았을 때, 배의 갑판 위에 세 사람의 모습이 사라졌다. 하지만 누구도 그 사실을 알지 못했다.

철썩, 쏴아아!

시커먼 밤바다에서부터 밀려온 파도가 뱃전에 부딪쳐 하얀 포말이 되어 사라진다.

반복적으로 울리는 파도소리를 들으며 갑판 위에는 두 명의 무인이 작은 목소리로 이야기를 나누고 있었다.

"끝내 못 건졌다지?"

"그렇다던데?"

"거참, 이상한 일도 다 있네."

"그때 물밑에 해류도 좀 이상하기는 했다던데…… 아무리 그래도 해영단이 못 건졌을 정도는 아닐 텐데 말이야."

낮에 물에 빠졌던 이들 두고 하는 이야기였다. 해영단은 오왕도에서도 수공(水功)이 가장 뛰어난 이들이었다. 어지간해서 바다에 빠진 사람 하나 못 건질 일이 없는데 그런 일이 일어난 것이었다.

"섬을 옮기자마자 사람 하나 죽어 나가니 기분 참 뒤숭숭하네."

"어허, 이 친구야 말조심하게."

"어때서 그러나? 없는 이야기한 것도 아닌데."

"거 조심하라니까. 안 그래도 윗전들 심기가 불편한데 괜한 소리 했다가 치도곤을 맞을지도 모른단……."

황급히 주위 눈치를 보며 이야기를 하던 사내가 갑자기 눈을 까뒤집으며 그대로 뒤로 넘어간다.

하지만 함께 이야기를 나누던 이는 그런 광경을 보고도 별다른 반응을 보이지 않았다. 아니, 반응을 보일 수 없었다. 그 역시 동시에 눈을 까뒤집고 기절을 한 탓이었다.

그렇게 기절해 버린 두 사내 뒤로 두 개의 그림자가 불쑥 솟아올랐다. 낮에 한바탕 소란을 만든 장본인인 오평안과 장삼이었다.

조심스레 주위를 살핀 두 사람은, 갑판 위에 다른 사람이 없다는 것을 확인한 후 방금 전 기절 시킨 두 사내를 끌고 화물칸으로 향했다.

찰싹, 찰싹!

조훤은 양쪽 볼을 두드리는 따가운 통증에 화들짝 놀라 잠에서 깼다. 좀 더 정확하게는, 기절에서 깨어났다.

"누, 누구야? 뭐야?"

다급히 양손을 내저으며 외쳐 보지만, 실제로는 손을 움직이지도 말을 하지도 못했다. 온몸이 뻣뻣하게 굳어 있고, 혀가 마비되어 말이 나오지도 않는다. 그저 할 수 있는 것은 두 눈을 뜨고 현재의 상황을 파악하는 것.

'이게 뭐지?'

눈을 뜬 조훤의 시야에 들어온 것은, 낯선 세 명의 사내가 자신의 뺨을 연신 두드리고 있다는 것.

그때 그중 가장 덩치가 좋은 사내가 말했다.

"눈을 떴네. 정신이 좀 드냐?"

정신은 차렸다. 하지만 상황이 파악되지가 않았기에 조훤은 아무런 반응도 보일 수가 없었다. 하지만 그러거나 말거나 덩치 큰 사내는 말을 이어 갔다.

"상황 파악이 잘 안 되겠지만 이것만 알면 된다. 허튼수작 부리면 저기 저놈처럼 된다는 거."

그 말에 조훤의 눈동자가 사내의 손끝을 따라 움직였다.

"어, 어어어어!"

대경실색한 조훤이 혀가 마비된 와중에도 답답한 비명을 질러 댔다. 사내의 손이 가리킨 곳에는, 기절하기 전까지 같이 이야기를 나눴던 동료가 죽은 듯 쓰러져 있었던 것이다.

"저놈이 죽었을까, 안 죽었을까?"

나직하게, 하지만 짙은 살기를 담아 말하는 사내의 목소리에 초점을 잃고 흔들리던 조훤의 눈동자가 갑자기 또렷하게 변했다. 지금 정신을 차리지 못하면 죽게 된다는 걸 본능적으로 감지한 것이었다.

"지금부터 묻는 말에 답해라."

사내의 말에 조훤이 답답한 시선으로 사내를 보았다. 보아하니 아혈을 점혈한 것 같은데 무슨 수로 대답을 한단 말인가. 하지만 그런 조훤의 생각을 아는지 모르는지 사내는 자신의 이야기를 이었다.

"점해 놓은 아혈을 풀어 주겠다. 하지만 큰 소리는 내지 않는 게 좋아. 내가 오해할 만한 행동도 하지 않는 게 좋아. 저기 저놈은 갑자기 입을 크게 벌리는 바람에 내가 죽여 버렸거든."

사내의 섬뜩한 목소리에 조훤은 머리칼이 쭈뼛 서는 느낌을 받았다.

그러는 사이 덩치 큰 사내, 기웅천이 조훤의 아혈을 풀어 주었다.

"커헉, 헉헉!"

갑작스레 입과 혀의 감각이 돌아온 탓에 조환이 마른기
침을 하며 숨을 몰아쉰다. 하지만 기응천은 조환에게 그런
정도의 여유도 주지 않았다.

"이 섬의 위치를 정확하게 알고 있느냐?"

"그, 그게 저도 처음 와 본 곳이라……."

"그래도 오는 도중에 갑판 위에 있었을 테니 위치를 모
르지는 않을 텐데? 예를 들면 여기서 오왕도로 가는 방법
이나, 오왕도에서 여기로 오는 방향 같은 거."

"예, 예에! 대략적인 방향 정도는 알고 있습니다."

"그럼 이제 선택을 해라. 안내를 하고 목숨을 건질 건
지, 안내를 거부하고 여기서 죽을 건지."

"그, 그것이……."

조환의 두 눈이 깊은 갈등에 휩싸였다.

콰아앙!

요란한 소리에 대전에 엎드려 있던 이들이 한층 머리를
조아린다.

"일이 이 지경이 될 때까지 그대들은 뭘 하고 있었단 말
인가!"

버럭 소리를 지른 사람은 오왕도의 도주 주형천이었다.

당연히 그 아래 부복하고 있는 여섯 사람은 오왕도 예하 여섯 개 하부 조직인 육사(六司)의 여섯 사령(司令)들이었다.

긴 세월 터를 닦아 온 오왕도를 한순간 버리게 되었으니 심기가 편하면 오히려 이상한 일. 게다가 단순히 오왕도만 버린 것이 아니라, 중원에서 진행하고 있던 일 대부분이 수포로 돌아간 상황이었다.

"송구합니다."

할 수 있는 말은 그것뿐이었다. 그 외에 다른 어떤 말을 할 수 있겠는가. 주형천이 그런 여섯 사령이 뒤통수를 노려보며 말했다.

"해결책을 말해 보라!"

당연히 대답을 기대하고 한 말이 아니었다. 모든 것이 수포로 돌아간 상황에서, 그것을 다시 뒤집을 해결책이라는 게 있을 수가 없다.

그저 처음부터 다시 시작하는 수밖에. 하지만 지금 이곳에서 그런 이야기를 입에 담았다가는, 말이 채 끝나기도 전에 목이 달아날 게 뻔했다.

그리고 주형천 역시 앞으로 어찌해야 할지 몰라서 이리 묻는 것은 아니었다. 그저 주체할 수 없는 화를 풀 길이 없어 그러는 것뿐.

"다들 왜 말이 없는가!"

그때였다.

땡땡땡땡!

갑자기 경종이 울렸다.

"무슨 일이냐!"

주형천이 버럭 소리를 질러 댔다. 그렇지 않아도 노기를 다스릴 길이 없는데, 이제 막 옮겨 온 은신처에서 무슨 일이 일어난 것이란 말인가.

"제가 나가 보겠습니다!"

부복해 있던 여섯 사령 중, 수군사령(水軍司令) 장율기가 벌떡 일어서며 외쳤다.

하지만 주형천은 고개를 끄덕이는 대신 손을 들어 올렸다

"멈춰라!"

"예, 예?"

"뭔가 있군."

주형천의 말에 장율기가 당혹스러운 표정으로 입술을 달싹이며 온몸을 부르르 떨었다.

"그, 그것이……."

"아까부터 다른 사령들과 달리 뭔가 숨기는 게 있는 듯해서 그렇잖아도 물어보려던 참이었다. 어서 말하라."

"시, 실은…… 수군사에 속해 있던 선단장 중 하나가 갑자기 실종이 되어……."

슈아아악!

장율기의 말이 채 끝나기도 전에 세찬 파공성이 일었다.

"퀵!"

짧은 비명과 동시에 장율기의 목에서 핏줄기가 길게 뿜어져 나왔다.

쿠웅!

묵직한 소리와 함께 넘어진 장율기의 몸이 뿜어지는 피에 물들어 가고 있었다.

"도, 도주님!"

깜짝 놀란 다른 사령들이 부르르 몸을 떨었다. 평소의 주형천답지 않은 과격한 반응 때문이었다. 평소였다면 이렇게까지 감정적으로 장율기를 죽이지는 않았을 것이다.

하지만 시기가 좋지 않았다.

"뭣들 하는가! 당장 일을 수습하지 않고!"

주형천의 호통에 다섯 사령들이 황급히 방을 나섰다.

"놈들이 움직인다. 서둘러!"

기웅천이 버럭 소리를 질렀다. 하지만 사실 더 이상 서둘러서 할 만한 일이 없었다.

바람을 잔뜩 먹은 세 개의 돛은 한껏 배를 부풀리며 배를 밀고 있으니 해야 할 일이라고는 조타를 해 방향을 잡는 것뿐이었다.

하지만 저 멀리 선착장에서 닻을 올리고, 돛을 펴는 배들을 보니 괜히 마음이 급해지는 것은 어쩔 수 없는 일이었다.

"뭐, 그래 봐야 우리가 더 빠르지."

다급하게 쫓아오는 배들을 보며 기응천이 피식 웃는다. 이쪽은 출발과 동시에 화물도 대부분 버린 데다, 사람도 겨우 네 명만 타고 있었다. 게다가 배는 적들이 사용하는 것들 중 가장 빠른 놈으로 골랐다. 저놈들에게 잡힐 이유가 없는 것이다.

"뭐, 이대로만 있으면 멀찍이 떼어 놓겠는데요?"

섬과 가까운 물속에 해영단이 있기는 했지만, 워낙 갑작스레 움직인 터였다. 아무리 해영단이 수공에 능하다 해도 바람을 안고 나아가는 배를 쫓는 것은 무리였다.

그러니 이대로 손만 흔들어 주면 될 일.

"어? 저것들 왜 저러죠?"

오평안이 갑자기 두 눈을 가늘게 좁히며 물었다.

"뭐지?"

기응천 역시 이해가 안 간다는 듯 고개를 갸웃거렸다. 필사적으로 쫓아와도 모자랄 상황에, 놈들의 배가 갑자기 선회하며 이쪽을 향해 배의 옆면을 드러낸 것이었다.

그때였다.

꽈아앙!

천지를 뒤흔드는 듯한 굉음과 함께 저 멀리 있는 배의

옆구리에서 불꽃이 번뜩인다.

"서, 설마!"

번뜩 뇌리를 스치는 한 가지가 있었다. 그리고 '설마' 하는 일은 언제나 '역시나'로 결론이 난다.

퍼어어엉, 쏴아아!

기웅천 일행이 타고 있는 수면이 갑자기 폭발하듯 터지며 물기둥이 치솟더니, 솟구쳐 오른 물기둥이 사나운 소나기가 되어 갑판을 두드렸다.

"화포다!"

꽝, 꽈광!

대경실색한 기웅천이 경악성을 터트리기가 무섭게, 화포들이 연달아 불을 뿜기 시작했다.

피이이이잉!

화포가 토해 낸 큼직한 쇠구슬이 허공을 가르는 소리가 똑똑히 귓전을 때린다.

"소, 속도를 내라!"

기웅천기 기가 막힌 표정으로 다급하게 외쳤다. 하지만 지금 상황에서 속도를 더 낼 수 있는 방법은 없었다.

콰아앙!

갈피를 잡지 못한 상황, 갑자기 굉음과 함께 배가 미친 듯이 요동쳤다.

"마, 맞았다!"

소리는 배의 뒤쪽, 고물 쪽에서 났다.

"어, 어떡합니까?"

오평안이 기겁을 하며 묻는 사이, 타고 있던 배가 뒤쪽으로 천천히 기울기 시작했다.

"뭘 어떡해? 뛰어들어야지! 빨리 벗어라!"

기응천이 버럭 소리를 지르며 입고 있던 옷을 벗어 던졌다. 무슨 일인가 싶어 멍한 표정을 짓고 있던 오평안이 뒤늦게 뭔가를 깨닫고는 자신도 황급히 옷을 벗어 던졌다.

옷 안에 갑주를 입고 있었기 때문이다. 이 갑주를 입고 바다로 뛰어드는 것은, 이대로 물귀신이 되겠다는 거나 다름없는 행동.

그때 조타를 하고 있던 장삼이 조횐을 끌고 두 사람을 향해 달려왔다. 그리고 자신 역시 황급히 옷을 벗어 던지고는 갑주를 풀기 시작했다.

그사이 모든 준비를 마친 기응천이 두 사람을 향해 말했다.

"잘 들어라. 이 상황이라면 우리 셋 다 죽어도 이상할 게 없다. 그래도 혹시나 한 놈이라도 목숨을 건진다면, 반드시 오왕도로 돌아가라. 가주님께 저 화포에 대해 알려 드려야 된다! 혹 죽어서 귀신이 된다 해도, 이 사실만큼은 꼭 알려라. 알겠냐?"

지금 가장 급한 일이 바로 그것이었다. 다들 오왕도의

역적들이 화탄을 다루었다는 건 알고 있었다. 하지만 화약을 만다는 것과 화포를 만드는 건 또 다른 이야기다. 단순히 모양만 비슷하게 만든다고 화포가 되는 것은 아니기 때문이었다.

얼마나 정확하게 쏠 수 있는지, 화포를 쏜 순간의 무지막지한 충격을 버틸 정도로 단단하고 질긴 쇠를 합금해 내는 기술도 있어야했다. 자칫하면 아군이 더 큰 피해를 입을 수 있기 때문이었다.

그런데 놈들은 이미 화포를 만들어 쓰고 있으니, 반드시 이 사실을 알려 대비하도록 해야 했다.

"아, 알겠습니다!"

오평안과 장삼이 악을 쓰며 대답했다. 긴 이야기를 하며 불길한 이야기라느니, 조장님이 살아야 된다느니 말을 받을 여유를 부릴 상황이 아니라는 걸 두 사람도 잘 알기 때문이었다.

그러는 사이에도 화포는 쉴 새 없이 불을 뿜었고, 사방에서 물기둥이 치솟았다.

"뛰어라! 판자라도 잡고 죽을힘을 다해 헤엄을 쳐!"

버럭 소리를 지르는 동시에 기응천이 뱃머리를 향해 달리기 시작했다. 그런 그의 손에는 아까 납치했던 조훤의 뒷덜미가 잡혀 있었다.

"가, 가자!"

"그래!"

오평안과 장삼도 짧은 대화와 동시에 갑판을 따라 달리기 시작했다.

7장
정박지

"뱃멀미에 고생하는 사람들은 없습니까?"

"그래도 단련된 무인들이오. 바다 항해가 처음이라고는 해도, 이 정도 중심이 흔들리는 걸로 뱃멀미를 할 만큼 나약하지 않소."

담기령의 물음에 대답한 이는 남궁세가 가주 남궁호천이었다. 자신만만하게 말을 한 남궁호천이 갑자기 피식 웃으며 말을 덧붙였다.

"뭐 교대로 갑판 위로 올라와 바깥 공기를 쐰 것도 어느 정도 도움이 되기는 했소만."

배를 타고 출발할 당시, 담기령은 상륙 전까지는 절대 선실에서 나오지 말라는 말을 했었다. 하지만 그것은 어디까지나 해상에서 전투가 벌어질 때의 상황. 일이 일어나기 전에는, 다들 돌아가며 밖으로 나와 맑은 바람을 쐬거나 대해의 풍광을 감상하는 등 조금은 여유를 즐기고 있었다.

조만간 벌어질 큰 싸움에 대비해 마음을 다스리고, 몸의 상태도 점검하기 위함이었다.

"음? 혹시 저 섬이오?"

이제 막 밖으로 나왔던 남궁호천이, 뱃머리가 향하는 방향의 연장선에 있는 거대한 섬을 가리키며 물었다.

"저 섬이 역적들의 근거지인 오왕도라는 곳입니다. 물론, 지금은 빈 섬입니다만."

담기령의 최종 목적은, 역적들을 은신처까지 피하도록 몰아넣은 후에 모두 일망타진 하는 것이었다. 그에 대해서는 남궁호천도 이미 들어서 알고 있기에 고개를 끄덕인다. 하지만 조금은 불안한 마음도 있는지 조심스레 물었다.

"혹시 놈들이 섬을 비우지 않았을 수도 있지 않소?"

"아닙니다. 섬은 비어 있습니다. 저기 포구 근처에서 연기가 솟아오르는 게 보이시지요?"

남궁호천이 눈 위에 손을 대고는 저 멀리 보이는 포구를 확인한 후 고개를 끄덕였다.

"그럼 그 연기 아래에 흰색 깃발도 보이십니까?"

"보고 있소."

"제가 앞서 보낸 저희 세가 무인들이 세워 놓은 표식입니다. 섬 인근에 적이 없다는 의미지요."

말을 마친 담기령이 뒤쪽에 서 있던 윤명산을 향해 말했다.

"깃발을 올리세요."

"예, 가주님!"

윤명산이 대답과 동시에 뒤로 돌아가 갑판 위에 대기하고 있던 담씨세가의 무인을 향해 손짓을 했다. 미리 대기를 하고 있었는지, 신호를 받은 세 명의 무인이 손에 들고 있던 커다란 청색 깃발을 들고 배의 돛대를 타고 올라갔다.

잠시 후 배의 세 개의 돛대에 커다란 청색의 깃발이 걸리고, 뒤이어 함께 항해를 하던 모든 배에 똑같은 색의 깃발이 걸렸다.

담기령이 그것을 확인한 후 남궁호천을 향해 말했다.

"중간 정박지라고 보시면 되겠습니다. 이 섬에서 나서면, 더 이상 쉴 시간은 아마 없을 것 같습니다."

"왔다, 왔어!"

구슬땀을 흘리며 땅을 파고 있던 나대범과 권화동 두 사람이 저 멀리서 들리는 이호중의 목소리에 삽을 들고 있던 손을 멈췄다.

"왔다니, 뭐가?"

권화동이 뜬금없이 무슨 소린가 하는 얼굴로 나대범을

향해 물었다.

"글쎄······."

그러다 먼저 물어봤던 권화동이 갑자기 뭔가 생각난 듯 짧은 탄성을 터트렸다.

"아!"

"뭔데? 왜?"

"오긴 뭐가 왔겠냐? 가주님이지."

"아, 맞다!"

말을 끝내기가 무섭게 권화동이 손에 들고 있던 삽을 내 팽개치고 커다랗게 파고 있던 구덩이에서 풀쩍 뛰어올랐다.

"가, 같이 가!"

그 뒤로 나대범이 황급히 권화동의 뒤를 따라 달리기 시작했다.

두 사람이 구덩이를 파고 있던 곳은, 포구에서 가장 가까운 마을 뒤 공터였다. 마을을 벗어나자마자 포구 너머로 바다 쪽의 광경이 한눈에 들어왔다.

"아!"

두 사람이 저도 모르게 두 발을 우뚝 멈추며 탄성을 터트렸다.

먼 바다에서 삼십여 척의 배들이 청색의 깃발을 펄럭이 며 섬을 향해 다가오는 광경이 두 사람에게 묘한 감흥을 주 었던 것이다.

저 정도의 배가 한꺼번에 움직이는 광경 정도는, 이미 역적들이 오왕도를 버리고 갔을 때 보았기 때문에 그 자체가 큰 감흥이 올 만한 것은 아니었다. 하지만 저 선단(船團)을 이끄는 사람이 다름 아닌 자신들의 가주라는 생각을 하니 묘하게 뿌듯한 기분이 들었던 것이다.

그런 두 사람을 향해 이호중이 큰 소리로 외쳤다.

"뭐하냐, 이놈들아. 준비하지 않고!"

"아, 알았어요!"

호통을 들은 두 사람이 급히 선착장을 향해 달려갔다. 그사이 배들은 빠르게 선착장에 다가왔다.

"가주님!"

가장 선두에서 들어온 배의 갑판 위를 확인한 이호중이 큰 소리로 외쳤다. 갑판의 뱃머리 쪽에 담기령이 자신을 내려다보고 있었던 것이다.

"다친 곳은 없는가?"

"하하, 멀쩡합니다. 기다리느라 눈 빠지는 줄 알았네요. 어서 오십시오!"

그사이 담기령이 타고 있는 배는 닻을 내렸고 이호중은 배에서 던져진 밧줄을 잡아 선착장의 기둥에 묶었다.

권화동과 나대범 역시 다른 배들의 정박을 돕기 위해 바쁘게 선착장을 뛰어다닌다.

"어서 오십시오. 섬 인근의 역적 놈들은 모두 처리했습니다. 저기 저 마을로 들어가시지요. 마을 중앙에 큰 장원이 있는데, 오시면 쓸 수 있도록 깨끗하게 청소를 해 놨습니다."

마치 칭찬이라도 해 달라는 듯 말하는 이호중의 모습에 담기령이 피식 웃으며 그의 어깨를 두드렸다.

"수고가 많았네."

그러는 사이 다른 배들도 차례차례 정박을 하며 안에서는 사람들이 쏟아져 나왔다.

"허허, 말로만 들었지만 규모가 어마어마하군요!"

이번 토벌군의 수는 모두 삼천여 명이었다. 규모만 봤을 때는, 역적 토벌이라는 목적을 생각하면 아주 작은 편에 속했다. 하지만 그 구성원 하나하나를 생각하면 결코 작은 규모라고 할 수 없었다.

무림맹에서 이번 토벌군에 참여한 세력은, 오왕도와 내통했던 세 개 문파를 제외한 육파와 사대세가를 합쳐 모두 열 개 세력이었다. 각 세력들이 최정예 이백 명씩을 뽑아 이천의 병력을 꾸렸고, 절강무련과 구씨세가에서 천여 명이 참가했다.

배와 해상전투, 물자를 책임지기 위해 동원된 절강무련과 구씨세가의 천여 명을 제외하면 진짜 전투에 참여할 병력은 무림맹의 이천여 명과 담씨세가의 이백여 명이 전부였다.

하지만 그들 개개인은 최소한 열 명의 병사를 한꺼번에 상대하는 것이 전혀 무리가 가지 않을 정도의 고수들이었다. 즉, 효율만 따지면 이만의 병력으로 보아도 되는 셈. 게다가 각 문파의 장문인과 같은 항렬의 무인들은 대부분이 절대 혹은 초절의 경지에 선 무인들이었다.

담씨세가 내에서도 그 실력을 인정받고 있는 이호중이다 보니, 내리는 이들 하나하나가 대단한 고수임을 알아봤기에 감탄을 한 것이었다.

그러는 사이 다른 배에서 내린 각 파의 장문인들과 세가의 가주들이 담기령 주위로 모였다.

담기령이 이호중을 향해 말했다.

"안내를 해 주게."

"예, 가주님."

이호중을 따라 마을로 들어서던 중, 담기령과 나란히 걷던 현산이 적잖이 충격을 받은 표정으로 물었다.

"역적들의 규모가 정말 대단했던 모양입니다."

그렇게 느낄 수밖에 없는 것이, 섬의 크기도 크기지만 당장 포구 앞의 마을 규모만 해도 엄청 거대했던 것이다.

"이게 전부가 아닐 겁니다. 이 조장, 설명을 해 주게."

앞서 걷던 이호중이 담기령의 말에 슬쩍 뒤를 돌아보며 입을 열었다.

"섬 전체에 이런 마을이 세 개가 더 있습니다. 다만, 놈

들이 섬을 비우면서 다른 마을들은 모두 불태웠기에 지금
은 터만 남아 있습니다."

"그럼 바다에서 보았던 시커멓게 탄 자리들이……."

"맞습니다."

"아미타불……."

수행을 하는 불자로서의 삶보다는, 무림맹 맹주로서의
삶에 더 충실했던 현산이었다. 그러다 보니 의식적으로도
가능하면 불호를 잘 외지 않는 현산이, 저도 모르게 불호를
읊조린다.

이 정도로 어마어마한 규모의 적을 상대할 생각을 하니,
갑자기 정신이 아득해지는 느낌을 받았던 것이다.

짧은 대화를 하는 사이, 일행들은 마을 중앙을 가로지르
는 대로의 끝에 자리한 장원에 도착했다.

담기령이 이호중을 향해 물었다.

"마을에 이 장원 말고도 사람들이 쉴 수 있는 곳이 있
나?"

"예, 그러지 않아도 이 장원 주변의 집들을 전부 청소를
해서 묵을 수 있도록 준비를 해 뒀습니다."

"수고가 많았네."

고개를 끄덕인 담기령이 주위에 있는 장문인들과 가주들
을 향해 말했다

"일단 각자 자리를 잡고 좀 쉬라고 하십시오. 그사이 우

리는 이 조장에게 상황에 대해 설명을 듣는 것이 좋겠습니다. 윤 향주도 세가 무인들을 소개해서 쉬고 있으라 전하게. 대신 포구 쪽에 감시 인원을 좀 세우도록 하고."

윤명산이 대답과 동시에 곧장 방향을 틀어 세가의 무인들에게 갔고, 다른 장문인들과 가주들 역시 그 말을 전했다.

이호중도 함께 있던 나대범과 권화동에게 말했다.

"너희들이 안내를 해서 불편하지 않게 공간을 내주도록 해라."

"예, 조장."

작은 소란과 함께 병력의 소개가 끝나자 담기령이 모여 있는 사람들을 향해 말했다.

"이제부터는 외해오적토벌군의 총병관으로서 여러분을 대하겠습니다. 여러분도 그에 따라 행동해 주십시오."

지금까지는 무림의 동도로서 예의를 지켜 왔지만, 이제는 전투를 앞두고 있는 만큼 지휘관으로서 행동하겠다는 의미였다. 장문인들이나 가주들 대부분이 나라에서 주도하는 토벌에 참여해 본 적이 있기에 다들 별다른 거부감 없이 고개를 끄덕였다.

"그럼 부총병들은 나를 따라오십시오."

담기령이 지금까지 예의를 갖추던 말투를 군대의 명령식으로 바꿔 말하고는 먼저 장원 안으로 들어섰다. 담기령의 뒤로 이호중과 열한 명의 부총병이 그 뒤를 따라 들어갔다.

이호중의 안내를 따라 장원 안에 자리하고 있는 커다란 정당(正堂)으로 들어선 담기령이, 한가운데 놓인 커다란 탁자의 상석에 자리를 잡고 앉자 나머지 사람들도 자리를 잡고 앉는다.

"상황을 설명하라."

담기령의 말에 옆에 서 있던 이호중이 슬쩍 한 걸음 뒤로 물러서서, 사람들의 시선을 자신에게 집중시킨 후 설명을 시작했다.

"저는 총병관님의 명을 받고, 사십 일 전에 이곳 오왕도로 잠입을 했습니다. 역적들의 규모와 동태를 미리 확인하고, 거짓 신분으로 역적 무리들에게 접근한 위장조를 돕는 것이 주된 임무였습니다. 역적들이 이곳 오왕도를 비우고 떠난 지는 열흘 가량이 흘렀고, 섬에 남아 동태를 살피던 역적 무리들은 저희들이 모두 제거하였습니다. 위장조 세 사람은 신분을 조사 받던 중에, 섬을 비우는 일이 발생한 탓에 제거될 뻔하였으나 다행히 목숨을 건졌고, 마을 사람으로 위장하여 오왕도를 떠나는 배에 몸을 실었습니다. 현재는 그들이 다시 오왕도로 돌아오는 것을 기다리고 있습니다."

그때 남궁호천이 궁금한 표정으로 물었다.

"섬에 적들이 남아 있었단 말이오?"

"그렇습니다. 배 두 척과 사백여 명의 병력이, 토벌군의 규모와 상황을 미리 파악하기 위해 남아 있었습니다."

"사백여 명? 그 많은 수를 세 사람이 전부 제거했단 말이오?"

남궁호천이 깜짝 놀란 표정으로 물었다. 이호중은 언뜻 보기에도 큰 키와 단단한 체구의 남자였다. 아까 본 권화동과 나대범 역시 마찬가지였고, 세 사람의 무공 또한 꽤 높은 경지에 오른 것을 알 수 있었다.

하지만 단 세 사람이 사백여 명을 제거하는 것은 거의 불가능에 가까운 일이었다.

하지만 이호중은 별일 아니라는 듯 또렷한 목소리로 답했다.

"정면으로 덤빈다면 절대 이길 수 없는 일이지만, 넓은 섬의 규모와 적들의 산개, 암습과 함정 등을 이용하면 가능한 일입니다. 더군다나 놈들은 우리의 존재를 조금도 알지 못했습니다."

아무렇지도 않다는 투로 말하는 이호중의 모습에, 오히려 모여 있던 총병관들이 입을 쩍 벌린다. 담씨세가의 무인들이 생각보다 강하다는 것은 어느 정도 짐작을 하고 있었지만, 이건 또 다른 일이었다.

암습과 함정 등을 이용해 차근차근 공격을 하면 절대 불가능하다고 말할 수는 없지만, 거의 불가능에 가까운 일이기 때문이었다.

남궁호천이 더 할 말이 없는 듯하자, 담기령이 물었다.

"이 학사와 유 탁사는 아직인가?"

"사흘 전에 도착했습니다. 지금은 적들이 남긴 해도와 그동안 조사했던 것을 바탕으로 놈들의 은신처가 있을 만한 곳의 범위를 좁히고 있습니다. 너무 집중하느라 총병관께서 도착하신 걸 모르고 있는 듯합니다."

"알았네. 그 두 사람은 계속하던 일을 하게 놔두게. 그럼 잠간 나가서 쉬고 있게."

고개를 끄덕인 담기령이 가볍게 손짓을 했고, 이호중이 인사와 함께 정당을 나섰다.

"일이 꼬이는 바람에 이래저래 난감하게 되었습니다."

그렇게 운을 뗀 담기령이 모여 있는 부총병들과 일일이 시선을 맞췄다. 계획을 앞당겨 진행했던 일을 두고 하는 말이었다. 그리고 모두들 그 의미를 짐작하기에, 구지섬을 제외하고는 전부 담기령의 시선에 슬쩍 눈동자를 옆으로 돌리며 눈길을 피했다.

그때 현산이 조심스레 물었다.

"하지만 크게 문제가 될 것 같지는 않습니다만?"

어쨌든 놈들은 오왕도를 비웠고, 담씨세가에서 잠입시킨 이들도 무사히 그들을 따라갔다 하지 않았는가.

그에 대해 담기령이 조금은 불편한 표정으로 말했다.

"본래대로라면 적들이 이렇게 급하게 섬을 비우지 않았을 것입니다. 즉, 시간의 여유가 있었다는 말이지요. 그랬다면 위장 잠입한 이들도 안전하게 놈들의 은신처를 발견하고, 우리에게 알려 주었을 것이 아닙니까?"

질책 어린 담기령의 목소리에, 구여상이 조금 발끈한 목소리로 말했다.

"하지만 어쨌든 적들의 은신처까지는 파악이 된 게 아닙니까? 이미 벌어진 일을 두고 뒤늦게 질책을 하시는 것은, 과히 좋아 보이지가 않습니다."

"위장조는 제대로 잠입한 것이 아니라 몰래 숨어든 것이다. 그 위장조가 다시 우리에게 돌아오려면, 결국 놈들에게 들킬 수밖에 없을 것이고, 그로 인해 적들은 자신들의 은신처가 발각된 것을 인지하게 된다는 뜻이지. 당연히 우리가 오는 것에 대해서도 대비를 하고 있겠지. 하지만 위장조가 적들의 일원으로 은신처로 갔다면 어찌 되었을 것 같은가?"

"적들이 은신처를 들켰다는 것을 인지했다는 것과 인지하지 않은 정도의 차이가 아닙니까? 그 정도가 용단을 내리고 토벌대에 힘을 보태기로 결정한 부총병들을 질책할 정도의 문제는 아니라고 생각합니다."

콰아앙!

담기령의 주먹이 거세게 탁자를 두드렸다. 어지간해서는

감정을 잘 드러내지 않는 담기령의 갑작스러운 반응에 구여상이 얼굴을 딱딱하게 굳혔다.

뒤이어 담기령의 입에서 믿지 못할 이야기가 새어 나왔다.

"지금부터 그대를 토벌군 책사에서 제외한다. 토벌이 끝날 때까지 섬에서 대기하라."

"무, 무슨 말입니까?"

"제대로 볼 수 있는 눈이 없는 자가 책사로 있다가는 토벌군이 전멸당할 게 빤하기 때문이다."

"내가 무엇을 제대로 못 보았다는 말입니까!"

구여상 또한 버럭 소리를 질렀다. 그런 구여상을 향해 담기령이 싸늘한 목소리로 답했다.

"역적들이 그것을 인지하고 대비를 하는 순간, 아군의 피해가 두 배 이상 불어나고 당연히 목숨을 잃는 이 또한 두 배 이상이 된다는 말이다."

머리가 좋고 안 좋고의 문제가 아니었다. 전투를 바라보는 관점의 문제였다.

담기령은 전투와 전쟁으로 인해 병사가 죽는 것은 어쩔 수 없는 일이라는 걸 잘 알고 있었다. 하지만 그 수를 최소화하는 것이 전쟁을 이끄는 이의 책임이라 배워 왔다.

그것은 아주 어린 시절부터 할아버지에게 배운, 높은 곳에서 이끄는 사람의 당연한 의무였다. 그렇기에 이세신과 유춘에게도 그러한 책임을 느끼게 하기 위해 무인들의 수련을 받게 했던 것이었다.

담기령의 말에 구여상이 버럭 소리를 질렀다.

"총병관이라는 분이 그런 유약한 마음가짐으로 전투를 했다가는 오히려 피해가 더 늘어난다는 걸 모르십니까? 버릴 것과 취할 것을 제대로 구분하지 못하고 모두를 살리려 들다가는 오히려 모두가 죽게 된단 말입니다!"

"내가 지금 그걸 몰라서 하는 말로 보이나?"

"그럼 아니란 말입니까?"

"아니지."

"무엇이 아니란 말입니까?"

거세게 반박하는 구여상을 보며 담기령이 저도 모르게 입꼬리를 비틀어 올렸다.

"알고 보니 머리가 좋은 걸 제대로 쓸 줄도 모르는 자였군."

콰아앙!

이번에는 구여상이 주먹으로 탁자를 내려친다. 살면서 이렇게 모멸적인 말은 처음이었다.

"말씀 함부로 하지 마십시오!"

"쯧, 지금 내 말의 진의도 파악하지 못하는 그 머리를 어디 쓰겠다는 건가?"

"제가 무엇을 제대로 파악하지 못했단 말입니까!"

"내 말의 요지는, 전투를 하는 것이 장기판 위의 장기알이 아니라 살아 있는 사람이라는 걸 가장 대전제로 하라는 말인데 그것조차 인지하지 못하지 않는가."

"그것이 유약한 마음이라는 걸 왜 모른단 말입니까!"

격앙된 구여상의 목소리와 달리 오히려 깊이 가라앉은 담기령의 목소리가 그 말을 받았다.

"묻겠네."

"무얼 말입니까?"

"자네의 혈육이 이 전투에 참여한다면, 냉정하게 그 사람을 죽을 자리에 밀어 넣을 수 있겠나?"

차분한 목소리로 담담하게 뱉은 말이었지만, 구여상은 그 어떤 말보다 큰 충격을 받은 얼굴이었다.

"그건……."

보통의 책사들이라면, 진심이 아니라도 당당하게 그럴 수 있다고 말할지도 모른다. 그것이 자신의 행동을 정당하게 만들고, 입지를 단단하게 만들어 주기 때문이다.

하지만 구여상은 보통의 책사들보다 더 머리가 좋았다. 그렇기 때문에 지금 거짓으로 말을 하더라도, 그 거짓말이 훗날 비수가 되어 자신의 가슴에 꽂힐 거라는 걸 알 수 있었다. 그렇기에 구여상은 고개를 저었다.

그리고 또 한 가지의 깨달음. 자신이 유약한 생각이라 평했던 담기령의 말이, 사실은 가장 단단하고 냉정한 것이라는 걸 알았다.

"못할 것 같습니다."

사실 이 순간을 벗어날 방법이 없는 것은 아니었다. 불리한 내용에는 대답을 회피하는 것도 한 가지 방법이었다.

하지만 구여상은 피하지 않는 것을 택했다. 나중을 위해서라도 그래야 한다는 것을 알기 때문이었다.

"하지만 나도, 여기 있는 모든 분들도 그리하고 있네. 그것이 유약한 마음이라 생각하는가?"

"아닙니다."

"그렇다면 이제 자네가 계획을 앞당긴 여파가 어찌 나타나는지 이해가 되는가?"

구여상이 괴로운 표정으로 고개를 끄덕였다. 그리고 다른 장문인들과 가주들을 향해 공손한 자세로 포권을 했다.

"저의 성급한 주장으로 더 큰 피해를 불러일으킬 수도 있을 것 같습니다. 죄송합니다."

그 말에 대답한 사람은 제갈무산이었다.

"자네는 몰랐을 수도 있지만, 우리는 어느 정도 예상하고 감수할 생각으로 자네 의견에 동조한 것일세. 이제라도 알았으면 되었네."

말 그대로였다. 구여상은 몰랐어도, 다른 이들은 이런 사태를 어느 정도 예상했다. 하지만 그러는 편이 어쩌면 피해를 줄일 수도 있다고 생각했기에 구여상의 뜻에 맞추어 준 것이었다.

그렇게 말한 제갈무산이 담기령을 향해 말했다.

"총병관의 계획을 우리 마음대로 앞당긴 일에 대해서는 죄송하게 생각합니다. 그로 인해 이번 전투에서의 피해가 늘어날 가능성도 있지만, 역으로 그전의 과정을 처리하는 데 입었을 피해를 줄인 셈이 되기도 합니다. 그 피해가 줄었다는 말은, 우리 쪽 전력의 손실이 없다는 의미지요. 그로 인해 이번 전투 역시 생각보다 피해가 적을 수도 있습니다. 그러니 이제 그만 노여움을 푸시지요."

담기령도 그런 가능성에 대해서는 생각지 않은 바가 아니었다. 그렇기에 더 이상은 질책하는 말을 하지 않고 고개를 끄덕였다. 그리고 구여상을 향해 말했다.

"책사에서 제외한다는 말은 철회하겠네. 앞으로는 한번 더 나아가서 생각을 하게."

"알겠습니다."

구여상이 더 이상 토를 달지 않고 대답하자, 담기령이 모여 있는 부총병들을 향해 말했다.

"자, 오늘은 여기까지만 하겠습니다. 다들 좀 쉬십시오."

담기령이 먼저 자리에서 일어서고, 그 뒤로 부총병들이 하나둘 정당을 벗어났다.

"아무리 해도 이게 한계인 거 같습니다."

기진맥진한 목소리로 힘겹게 말을 한 이는 유춘이었다. 그런 유춘의 맞은편에는 이세신이 탁자 위에 쓰러지듯 엎어져 있었다.

"내가 생각해도 그렇네."

이세신이 탁자 위에 엎드린 상태 그대로 입술만 움직여 웅얼거렸다.

그런 두 사람 사이의 탁자에는 무수히 많은 종이들이 한가득 널브러져 있었다. 모두 해상의 섬들을 표시해 놓은 해도들이었다.

그때 두 사람이 쓰러져 있는 방문 밖에서 누군가의 목소리가 들렸다.

"일은 다 끝났나?"

동시에 두 사람이 화들짝 놀라며 벌떡 몸을 일으켰다.

"가, 가주님?"

유춘이 긴가민가한 표정으로 묻는 순간, 문이 열리며 담기령이 방 안으로 들어왔다.

"헉, 가주님! 언제 오셨습니까?"

해도를 살피는 데 너무 집중하느라, 그 많은 사람들이 섬에 들어온 것도 모르고 있었던 것이다.

"조금 전에 왔소. 그래, 하던 일은 어찌 되었소?"

담기령이 두 책사에게 맡긴 일은, 오왕도를 중심으로 인근의 바다를 샅샅이 훑으며 역적들의 또 다른 은신처가 될 만한 곳을 찾는 것이었다. 정확한 위치를 찾기는 힘들어도, 어느 정도 범위를 좁힐 수 있다면 그 또한 많은 도움이 되리라 판단했던 것이다.

문제는 아무런 정보가 없었다는 점이었다. 중원은 해금령으로 인해 바다 밖으로 나가는 것이 금지되어 있었고, 그로 인해 아무런 기본 정보도 없는 상태에서 맨손으로 모든 것을 만들어야 했다. 그러다 보니 이세신과 유춘이 어마어마한 고초를 겪을 수밖에 없는 일이었다.

"어느 정도 범위를 좁히기는 했습니다만, 여전히 너무 방대합니다."

이세신이 말을 하며 탁자 위에 잔뜩 널브러져 있는 해도들을 모두 손으로 밀어내고, 한쪽에 가지런히 쌓여 있던 몇 장의 해도를 담기령 앞으로 내밀었다.

담기령이 손을 뻗어 해도들을 훑어보았다. 모두 열 장의 해도였는데, 그 안에 담겨 있는 범위도 넓고 섬들도 아주 많았다.

"흠……."

담기령이 난감한 표정을 지어 보였다. 이 정도 범위라면 크게 소용이 없다고 봐야 하기 때문이었다.

그런 담기령의 생각을 읽었는지, 이세신이 조심스레 말했다.

"수확이 하나도 없는 것은 아닙니다. 그 해도 상의 섬들은 오왕도를 중심으로 모두 남동쪽 방향입니다. 일단 그쪽으로 방향을 잡고 움직이다 보면 찾을 수 있으리라 생각합니다. 또한, 그 방향으로 움직이다 보면 위장조를 만날 가능성도 있다고 생각합니다."

희미하게 고개를 끄덕인 담기령이 물었다.

"그 남동쪽 방향에 놈들의 은신처가 있을 가능성은 얼마나 됩니까?"

그 말에 이세신이 두 눈에 힘을 주며 말했다.

"그 방향에 있는 것은 확신할 수 있습니다."

이세신은 웬만하면 저렇게 확신을 하는 성격이 아니었다. 그런 이세신이 이렇게 말을 할 정도면, 확실히 그 방향에 역적들의 은신처가 있다고 봐야 했다.

담기령이 고개를 끄덕이며 말했다.

"내일 바로 출항을 할 테니, 두 사람도 준비를 하시오."

8장
등평도수(登萍渡水)

잔잔한 수면 위로 하얀 포말의 흔적을 길게 남기며 삼십
척의 배가 바다 위를 미끄러져 가고 있었다. 바람을 끌어안
아 잔뜩 부풀어 오른 세 개의 커다란 돛이 각각의 배들을
남동쪽을 향해 이끌었다.

　"얼마나 더 가야 될 것 같소?"

　남궁호천의 물음에 담기령이 자신 없는 목소리로 고개를
갸웃거렸다.

　"글쎄요? 저도 잘 모르겠습니다."

　"흐음……."

　남궁호천을 비롯한 부총병들은 오왕도에서 출항을 하기
전, 역적들의 은신처를 정확하게 파악하지 못했다는 이야

기는 들었었다. 그래서 조금은 느긋하게 생각하기로 마음을 먹고 있었다.

하지만 벌써 사흘 째. 이미 가능성 있는 섬을 일곱 개나 훑었지만 아직까지 놈들의 은신처를 발견하지 못한 탓에 조금씩 조바심이 들기 시작한 것이었다.

"이대로 가 보는 수밖에 없지 않겠습니까?"

"그렇기는 하오만……."

남궁호천이 슬쩍 말꼬리를 흐리자, 뭔가 할 말이 있다고 여긴 담기령이 그에게 시선을 주었다.

담기령의 시선을 받은 남궁호천이 슬쩍 주변을 살핀 후 낮은 목소리로 조심스레 물었다.

"이쪽 방향이 맞기는 한 것이오?"

이세신과 유춘이 좁힌 범위가 맞는지 조금씩 의구심이 들기 시작한 것이었다. 아무것도 보이지 않는 망망대해에서 틀린 방향으로 계속 나아가기만 하다가는, 놈들의 은신처와 점점 더 멀어지기만 할 뿐이니 하는 이야기였다.

남궁호천이나 이번에 따라나선 이들 모두가 충분히 불안해할 만한 일이었기에 담기령은 딱히 이렇다 할 감정을 드러내지 않고 천천히 고개를 주억거렸다.

"틀림없습니다."

"하지만 그들 역시 확인을 한 것은 아니지 않소?"

"그 두 사람이 맞다고 한다면 맞는 겁니다."

단호한 태도로 말하는 담기령의 모습에 남궁호천은 그래도 한 번쯤은 재고를 해야 하지 않느냐는 말을 하려다 얼른 입을 다물었다. 말을 하는 담기령의 얼굴에는 이세신과 유춘에 대한 절대적인 신뢰가 담겨 있었다.

'이런 것이었나?'

남궁호천은 새삼스러운 표정으로 담기령을 보았다.

남궁호천이 지금까지 보아 온 담기령은 실패를 모르는 사람이었다. 아무리 무모해 보이는 일도 거침없이 뛰어들었고, 반드시 그것을 성공해 냈었다. 지금까지는 그것이 담기령 혼자만의 능력이라 생각했었다.

하지만 지금 보니 그런 것이 아니었다. 사람을 끌어안고, 제대로 된 사람으로 키워 내고, 그렇게 키워 낸 '자기 사람'에게 절대적인 신뢰를 주는 것. 그것이 지금까지 담기령이 무수히 많은 것들을 이루어 낸 원동력이었다는 것을 이제야 알게 된 것이었다. 그것들 중 단 한 가지도 쉬운 일은 없었다. 하지만 담기령은 그것을 해냈고, 그렇기 때문에 지금의 그가 있을 수 있는 것이었다.

"알았소. 한번 믿고 가 보도록 합시다."

남궁호천이 고개를 끄덕일 때였다.

삐이이익!

갑자기 고음의 피리소리가 머리 위에서 길게 울려 퍼졌다. 깜짝 놀란 남궁호천이 고개를 들어 소리가 난 곳을 쳐다보는 순간, 날렵하게 움직이는 하나의 동체를 발견했다.

"허허!"

배의 중앙에 있는 가장 굵고 높은 돛대를 날듯이 타고 오르는 담기령이었다.

"뭔가?"

피리소리는, 돛대의 꼭대기에 몸을 지탱한 채 사방을 감시하던 세가 무인이 분 것이었다.

"저쪽입니다."

세가의 무인이 대답을 하면서도 신기한 표정으로 담기령을 보았다. 그는 돛의 형태를 유지하고 지탱하기 위해 돛대에 가로로 걸려 있는 활대를 밟고 돛대를 끌어안은 채 위태롭게 서 있었다. 그런데 담기령은 그 활대가 땅이라도 되는 것처럼 편안하게 서 있었던 것이다. 그것도 항해를 하느라 쉼 없이 흔들리는 활대 위에.

세가의 무인이 가리킨 방향은, 배가 나아가던 방향의 일직선상이었다. 담기령이 잔뜩 안력을 돋워 세가 무인이 가리킨 방향을 주시했다.

"샤, 사람?"

담기령은 자신의 눈을 의심했다. 설마 하는 표정으로 눈을 비비고는 저 멀리 바다 위에 떠 있는 세 개의 점을 살폈다. 역시 잘못 본 게 아니었다. 분명 사람이었다. 그것도 바다에서 헤엄을 치는 사람이 아니라, 바다 위를 달리고 있

210

는 사람.

그때 담기령의 옆에 또 다른 누군가가 뛰어올랐다. 아래에서 기다리던 남궁호천이었다.

"무슨 일이오?"

밑에서 지켜보고 있는데 담기령의 표정이 기묘하게 변하는 게 뭔가 이상하다고 생각에 올라온 것이었다. 남궁호천 또한 담기령과 마찬가지로 활대 위에 두 발을 얹은 채 편안하게 말을 건넸다.

기둥을 끌어안고 겨우 중심을 유지하고 있던 세가 무인으로서는 기가 차는 광경일 수밖에 없었다.

그렇게 담씨세가의 무인이 뭐 이런 인간들이 다 있나 하는 표정을 짓는 사이, 담기령이 저 멀리 바다 위에 있는 세 개의 점을 가리켰다.

"드, 등평도수(登萍渡水)!"

남궁호천이 기겁을 하며 외쳤다. 그 바람에 몸이 휘청거리며 실족할 뻔했지만, 애써 두 발에 힘을 주고 다시 중심을 잡았다.

하지만 기겁한 표정은 사라질 줄을 모른다.

"저, 저건 등평도수가 아니오!"

눈으로 보고도 믿을 수가 없었다. 갈대 잎을 타고 장강을 건넜다는 달마대사의 일위도강(一葦渡江)이나, 눈밭을 달려도 족적이 남지 않는다는 답설무흔(踏雪無痕) 등 말로는 있지만 실재(實在)한 적은 없는 경공의 극의.

남궁호천은 지금 그 거짓말 같은 광경을 두 눈으로 지켜보고 있는 것이었다.

그때 담기령이 심각한 얼굴로 말했다.

"만약 저들이 적이라면……."

"헉!"

남궁호천이 더욱 기겁한 표정으로 담기령을 보았다.

그때 다른 배에서도 저 멀리 이쪽을 향해 달려오는 세 개의 점을 발견했는지 소란이 일어나고 있었다.

"어, 어찌해야 하오? 저들이 정말 적이라면 우리는 어떻게 싸워야 하는 것이오?"

아무리 고수라 해도 싸우는 것이 무서운 게 아니었다. 오히려 싸울지 못할까 봐 무서웠다. 저렇게 물 위를 걸어다닐 수 있다면, 이쪽에서 싸움을 걸기도 전에 배를 먼저 침몰시킬 게 아닌가.

그런데 뭔가 묘했다.

"왜 그러시오?"

이상하게도 담기령의 얼굴에 여유가 흐르고 있었던 것이다.

"기다려 보시면 알게 될 겁니다."

그 말에 남궁호천이 뭔가 이상하다는 생각에 급히 물었다.

"저, 저자들이 누군지 알고 있단 말이오?"

설마 하며 묻는 남궁호천을 향해, 담기령이 역시나 고개를 끄덕였다.

"아마 알 것 같습니다."

어쨌든 물 위를 걷는 자들이 이쪽을 향해 쉼 없이 달려오고 있었다. 이제는 삼십 척의 모든 배에서 그들의 존재를 확인했고, 저마다 한 바탕 소동이 일어났다.

어쨌든 배에 타고 있는 이들은 모두 무림인이었고, 무공을 익힌 사람이니만큼 누구 한 번쯤은 꿈에서라도 그려 봤을 절대의 경공이 아닌가.

다른 배의 소동을 확인한 담기령이 훌쩍 갑판으로 뛰어내려 윤명산을 향해 말했다.

"흑기를 올리십시오."

"예, 가주님!"

이번 토벌에 참가한 삼십 척의 배는 특별히 전투를 위한 군선이 아니었고, 배에 타고 있는 이들 역시 훈련된 수군이 아니었다. 해상전을 위해 타고 온 배가 아니니만큼 바다 위에서 일사불란하게 움직이는 것은 불가능한 일이었다.

하지만 그렇다고 막무가내로 움직일 수는 없었기에, 가장 선두의 담기령이 탄 배에서 깃발로 신호를 하면 다른 배들이 그에 따라 움직이도록 몇 가지 신호를 미리 만들어 두었다.

그중 검은색 깃발은 정박하라는 신호.

윤명산이 주변에 있는 세가의 무인들을 향해 외쳤다.

"닻을 내리고, 돛을 접어라!"

검은색 깃발이 돛대 꼭대기에 걸리고, 세가의 무인들이 바쁘게 움직이며 배를 멈췄다.

"저게 누군지 함께 보시지요."

담기령이 뒤따라 갑판으로 내려온 남궁호천에게 권했다. 그사이 갑판 아래의 선실에 있던 무인들이 등평도수라는 이야기를 들었는지 하나둘 갑판 위에 모습을 드러냈다.

문제의 등평도수를 펼치는 경공의 고수들이 정박한 배에 도착한 것은 그로부터 약 이각여의 시간이 흐른 후였다.

"가주님!"

출렁이는 파도를 따라 물 위에 선 채 반가운 목소리로 손을 흔드는 이는 다름 아닌 기웅천과 오평안, 장삼 세 사람이었다.

"어……."

남궁호천의 입에서 실성이 흘러나왔다.

"에이."

갑판 위에서 기대에 부푼 눈으로 기다리던 다른 무인들의 입에서도 실망한 듯한 탄식이 새어 나왔다.

물 위를 달려온 자는 등평도수의 경공을 펼친 것이 아니었다. 그저 발아래에 널빤지를 대고 단단히 묶어 그 부력으

214

로 뜬 채 물 위를 움직인 것뿐이었다.

등평도수의 정체를 확인한 남궁호천이 실망한 표정으로 담기령을 향해 물었다.

"담 가주는 알고 있었소이까?"

"어떻게 물 위를 걷는지는 몰랐지만, 누구인지는 대충 알겠더군요."

"아무튼…… 분위기를 보아하니 저들이 역적들 사이에 잠입했다는 위장조인 모양이오?"

"맞습니다."

"거의 확신을 하고 있었던 것 같은데, 참 대단하시오."

"대단할 건 없습니다. 이 남동쪽 방향에 놈들의 은신처가 있다는 것을 알고 있었고, 저들이 살아서 돌아올 것이라 믿고 있었으니까요."

결국 아까의 그 신뢰에 대한 이야기였다. 남궁호천이 못 이기겠다는 듯 고개를 설레설레 저었다.

그사이 기응천과 오평안, 장삼이 배에서 내려 준 밧줄을 붙잡고 갑판 위에 올라섰다.

"임무를 완수하고 지금 복귀했습니다."

기응천이 기진맥진한 상태면서도 해맑은 얼굴로 웃으며 담기령에게 보고를 했다.

"수고가 많았네."

담기령 또한 편안한 미소를 지으며 고개를 끄덕였다. 방금 임무를 완수했다고 했으니 놈들의 은신처의 위치를 확실하게 알 수 있게 된 것이었다.

담기령이 세 사람을 향해 말했다.

"여기까지 오느라 고생이 많았을 테니 회의가 열릴 때까지 좀 쉬고 있게. 젖은 옷도 좀 말리게. 물이 부족해 씻는 건 힘들겠군."

아무래도 원항을 나온 배다 보니, 가장 아껴야 하는 물자가 바로 물이었다.

"하하, 씻지 못하는 거야 이제는 이골이 났습니다! 그렇지 않나?"

마지막에 기응천이 뒤를 돌아보며 하는 말에 오평안과 장삼이 피식 웃으며 고개를 끄덕였다. 처음 기갑무와 철격을 배울 당시, 온몸이 땀으로 끈적거리는 데도 씻을 수 없었던 그때를 생각하면 바닷물 좀 뒤집어쓴 정도는 찝찝한 축에도 속하지 않았다.

"크흐흐흐, 그거 쉬운 거 아니라니까!"

기응천이 파안대소를 터트리며 제 무릎을 탁탁 쳐 댔다. 기응천이 앉아 있는 해변가 저 멀리 바다 위에서는 쉴 새 없이 풍덩거리는 소리가 울리고 있었다.

기응천과 오평안, 장삼 세 사람이 발에 널빤지를 묶어 바다 위를 걸어온 것을 보고, 자기들도 해 보겠다고 나선 무림맹의 무인들이었다.

하지만 그게 보는 것처럼 쉽지가 않은지, 애써 중심을
잡다가도 채 한 발을 움직이지 못하고 뒤집어지며 물속으
로 엎어지기를 반복했다.

기응천이 그런 무인들을 보며 한참 동안 배를 잡고 굴렀
을 때, 누군가 그를 향해 다가왔다.

"기 조장님."

고개를 돌려보니 이호중이 이쪽으로 달려오며 그를 부르
고 있있다.

"무슨 일인가?"

"회의에 참석하시랍니다."

"아, 알았네. 으흐흐흐!"

기응천은 봐도봐도 질리지 않는다는 듯, 묘하게 아쉬운
표정으로 바다 쪽을 한 번 더 훑어본 후 몸을 일으켰다.

등평도수를 펼치는 경공의 고수가 나타난 것은 아니었지
만, 어쨌든 적들 사이에 잠입했던 위장조가 돌아온 것은 희
소식이었다.

서른 척으로 이루어진 토벌대 선단은 잠깐 휴식도 취할
겸하여 가까이 있는 섬 근처에 배를 정박시키고 섬으로 올
라와 있었다.

해안가 모래사장에 긴 족적을 남긴 채 섬 안쪽으로 들어
간 기응천은, 담기령을 중심으로 이번 토벌대의 중추인 부

총병들이 둥글게 원을 그리며 앉아 있는 것을 확인하며 그
곳으로 다가갔다.

"부르셨습니까?"

"보고를 하게."

담기령은 이미 기응천에게 따로 이야기를 들었지만, 다
른 부총병들은 아직 자세한 내용을 모르고 있었다. 기응천
이 절도 있게 자세를 고친 후 입을 열었다.

"일단 역적들의 새로운 은신처는 남동쪽에 있는, 놈들이
만방도(萬放島)라는 부르는 섬입니다. 주기적으로 관리는
해 놓았는지 식량이나 건물들이 준비되어 있는 곳이었습니
다."

제갈무산이 물었다.

"거리는 얼마나 떨어져 있소?"

"배로 간다면 대략 사흘 정도 더 가야 합니다."

"놈들의 규모는 어느 정도인지 파악이 되었소?"

"군선(軍船)이 쉰 척 정도이며, 배 마다 대략 백여 명
정도의 수군이 있습니다. 섬에는 무공을 익힌 인원만 대략
일만 정도입니다. 하지만 그들의 수준까지는 확실하게 파
악하지 못했습니다."

"허!"

제갈무산의 입에서 실성이 터져 나왔다. 토벌대의 규모
가 겨우 이천 명 수준이었다. 단순하게 계산하면, 토벌대

한 명당 다섯 명의 무인을 상대해야 한다는 뜻이다. 게다가 그들의 무공 수준이 어느 정도인지는 파악되지 않고 있다고 하니 꽤 갑갑한 상황이었다.

하지만 그보다 더 심각한 이야기가 아직 남아 있었다.

"땅을 딛고 있는 자들보다, 물에 있는 군선을 더 신경 써야 합니다."

"무슨 말이오?"

"화포가 있습니다."

"뭐?!"

제갈무산이 깜짝 놀라며 담기령에게 시선을 넌셨나. 일고 있었냐는 표정.

담기령이 짧은 한숨을 쉬며 말했다.

"나도 기 조장에게 오늘 들었습니다."

기응천의 말대로 섬에 있는 무인들을 신경 쓸 때가 아니었다. 쉰 척의 군선에 화포까지 있다면, 상륙도 못한 채 물귀신이 될지도 모를 일이었다.

게다가 토벌군의 배는 군선도 아니었다.

"허어!"

모두의 얼굴에 어두운 그늘이 드리워졌다. 물론 화포 자체가 무서운 건 아니다.

화포는 화약을 폭발시켜 철구나 돌을 날리는 물건이었다. 결국 날아오는 건 커다란 돌덩이나 철구이니, 맞지 않고 피하기만 하면 위협이 되지 않았다.

토벌대에 뽑힌 무인들은 다들 일정 수준 이상의 경지에 있었기 때문에 그 정도는 가능했다.

문제는 그 화포를 땅이 아닌 바다에서 만나야 한다는 것이었다. 배라는 한정된 공간에서 화포를 맞이하는 것도 어렵지만, 화포가 쏘아 낸 철구가 배를 맞춰 침몰시키는 것은 막을 방법이 없기 때문이었다.

"바다만 아니면 화포가 문제가 되지는 않을 텐데……."

"일단 섬에 상륙만 한다면 어떻게든 해 보겠는데, 쯧!"

이럴 줄 알았으면 얼마 없는 나라의 수군이라도 동원을 했어야 하는 게 아닌가 싶은 생각이 든다.

좌중이 갑자기 침묵에 잠긴 순간, 누군가가 입을 열었다.

"방법이 없을 것 같지는 않습니다만?"

모두의 시선이 소리가 난 쪽으로 움직였다. 며칠 전, 오 왕도에서 담기령에게 크게 무안을 당했던 구여상이었다.

"방법이 있단 말이오?"

"그전에 한 가지 확인할 게 있습니다."

구여상의 말에 담기령이 물었다.

"무엇인가?"

"뭍에 서 있는 상황이라면 날아오는 화포를 상대하는 게 가능합니까?"

"바로 코앞에서 날아오는 게 아니고, 거리가 있다면 가능하다고 봐야지."

화포로 쏘는 철구는 일단 크기가 크다. 그 무게가 허공을 날아오는 힘으로 파괴력이 극대화되는 것이지, 일정 수준의 무인이라면 피할 수 없을 정도로 무시무시한 무기는 아니었다.

"그렇다면 이미 방법이 있지 않습니까?"

"방법이라니…… 아!"

되물으려던 담기령이 갑자기 무언가 깨달은 듯 번쩍 고개를 들었다.

"그, 그렇군!"

한발 늦게 무슨 말인지를 이해한 제갈무산과 회의에 함께 참석했던 이세신, 유춘도 뒤늦게 고개를 주억거렸다. 하지만 그 외에는 여전히 이해를 못했다.

"무, 무슨 방법이 있다는 것이오?"

"우리한테도 좀 알려 주시오."

부총병들의 말에 담기령이 기웅천을 보며 말했다.

"기 조장이 이미 방법을 만들어 왔군."

기웅천이 흠칫 놀란 표정으로 손으로 스스로를 가리키며 되물었다.

"제가요?"

"물 위를 걸어오지 않았나?"

"아아!"

그제야 회의에 참석한 모든 사람들이 큰 소리로 탄성을 터트렸다.

바다 위를 걷는 것. 그 방법이라면 충분히 가능할 것 같았다.

화포라는 것이 화살처럼 아주 정확하게 날릴 수 있는 것이 아니었다. 바다 위에 서 있는 사람 하나를 화포를 쏴 정확하게 맞추는 것은 거의 불가능했다.

반면 바다 위에서 움직이는 것이 가능하다면, 화포를 피하는 것은 물론 적의 군선으로 다가가 배를 가라앉히는 것도 가능했다.

"하, 하지만 그렇게 쉬운 게 아닌데요?"

"이번 토벌대에 참석한 무인들의 가장 낮은 수준이 물기성형이 가능한 절정의 경지일세. 몸에 익히는 데 시간 차이는 있을지 몰라도, 요령만 알려 주면 다들 충분히 익힐 수 있네."

거기까지 말한 담기령이 잠시 뭔가를 고민하더니 구여상과 이세신, 유춘을 향해 말했다.

"세 사람은 물 위에서 좀 더 신속하고 빠르게 움직일 수 있는 방안을 강구해 주게."

기응천이 발에 묶은 널빤지는, 타고 있던 배가 화포에 맞아 침몰하면서 생긴 배의 잔해였다. 위급한 순간에 기가 막힌 생각이기는 했지만, 단순히 널빤지로는 신속한 움직임이 힘들 수도 있었다.

　담기령의 말을 알아들은 세 사람이 곧장 몸을 일으켰다.

　"예, 알겠습니다."

　세 사람이 움직이는 것을 확인한 담기령이 부총병들을 향해 말했다.

　"다들 기 조장에게 등평도수의 경공을 배울 준비를 해야 겠습니다."

　첨벙, 처벙!

　쉴 새 없이 물소리가 울려 퍼졌다.

　"어푸, 어푸!"

　물속으로 곤두박질친 무인들이 기겁한 표정으로 황급히 두 팔을 휘저으며 애써 몸을 일으키려 허우적 댔다. 발에 널빤지를 묶어 놓은 탓에, 엎어지게 되면 오히려 위험한 상황을 맞이하기 때문이었다. 두 발이 뜬 상태로 물속으로 들어간다는 것은, 물속에 거꾸로 처박한다는 의미이기 때문이었다.

　"제 말 좀 제대로 들으십시오!"

　기응천이 큰 소리로 외치며 주위에 모인 사람들을 향해 말했다.

　"누차 말씀드리지만 이건 물 위를 걷는 게 아닙니다. 미끄러져 나간다고 생각해야 합니다. 겨울에 강이 얼어붙으면 그 위를 미끄러져 나가는 것과 같은 느낌입니다."

기응천의 이야기를 듣는 이들 모두가 절정 이상의 무인들이었다. 몸을 사용하는 것에 대해서는 그 누구보다 익숙한 이들. 그렇기 때문에 다들 발에 널빤지를 묶어 물 위에서 중심을 잡고서는 것은 가능했다.

경신공을 응용해 몸의 중심을 위쪽으로 올리고, 널빤지의 부력으로 설 수 있었다. 무인들에게 그 행동은 뗏목 위에서 중심을 잡고 서는 것과 크게 다르지 않았다.

하지만 걷는 행동은 전혀 별개의 일이었다. 한 발 내디디려 하면 다른 발이 갑자기 물속으로 쑥 잠겨 들어가거나, 몸이 훌렁 뒤집히며 몸 전체가 물속에 처박히기 일쑤였다.

"지금 발아래에 있는 건 딱딱한 땅이 아닙니다. 물이란 말이죠. 그러니 이렇게, 이렇게! 한 발로는 물을 밀고, 나머지 한 발은 배가 물 위에서 뜬 채 흘러가듯이 쭉 미끄러지면서 나가는 겁니다."

기응천이 열심히 이런 방법 저런 방법 동원하며 설명을 하고, 다들 고개를 끄덕인다. 하지만 머리로 이해하는 것과 그것을 체득하는 것은 전혀 별개의 문제였다.

첨벙, 첨벙!

또다시 무인들이 물속으로 곤두박질치기 시작했다.

하지만 물 위를 쭉쭉 미끄러지며 자유자재로 움직이는 이들도 있었다. 담기령이나 현산, 운허자, 남궁호천 등 각 문파의 장문인이나 세가의 가주들을 포함한 절대의 경지에 오른 무인들이었다. 무공의 경지가 높다는 것은, 몸을 쓰는 일에 대해 더 빠르고 깊이 이해를 할 수 있다는 뜻이기에 그만큼 빨리 익힐 수 있었던 것이다.

그런 고수들 외에 곤륜파 제자들이 빠르게 익히고 있었다. 아무래도 경공으로 이름난 문파였기에, 경공의 한 갈래로 이해하면서 요령을 빠르게 습득할 수 있었던 것이다.

그 외에 또 한 무리의 무인들이 있었는데, 바로 담씨세가의 무인들이었다. 그들이 익힌 첩격과 기가무누 전신을 완전히 활용해야 하는 것은 물론, 몸에 두른 옷이나 신발에 기운을 순환시키는 것이 가능했기에 또 다른 요령을 체득하게 된 것이었다.

쏴아아아, 차차차착!

물살을 가르며 빠른 속도로 물위를 미끄러져 나가던 담기령이, 갑자기 몸을 뒤로 눕히며 뒤꿈치로 수면을 연달아 차서 밀어냈다. 강한 저항에 빠르게 앞으로 나아가던 담기령이 순간적으로 움직임을 멈췄다. 물 위에서 움직이는 데 거의 완벽하게 요령을 습득한 것이었다.

그렇게 멈춰 선 담기령이, 편안한 자세로 물 위에 서 있는 현산을 향해 물었다.

"이 정도면 가능할 것도 같은데, 어찌 생각하십니까?

"내가 보기에도 괜찮은 듯합니다. 구 부각주와 담씨세가의 책사들이 좀 더 효율적인 물건을 고안할 수 있다면 충분히 역적들의 군선을 상대할 수 있을 것 같습니다. 다만, 이 요령을 얼마나 빨리 습득하느냐가 문제지요."

"모두들 무공 수준이 높으니 약간만 요령을 습득하면 빠르게 익힐 수 있을 겁니다."

그때 저 멀리서 누군가의 외침이 들렸다.

"무당의 제자들은 이쪽으로 모여라."

무당파 장문인 을헌자의 외침에, 기응천 주위에 모여 있던 무당파 제자들이 헤엄을 치거나 연신 물에 곤두박질치며 그곳으로 모였다.

"잘 들어라. 우선 무작정 하는 것은 힘들 것이다. 그러니 일단은 제운종을 떠올려 보아라."

을헌자가 무당파의 경공인 제운종을 이용해 제자들에게 요령을 가르치기 시작했다.

그 모습을 본 현산이 고개를 끄덕이며 말했다.

"좋은 생각인 것 같군요. 저도 제자들을 불러야겠습니다."

각 문파에는 그들만의 무공 이론이 있고 체계가 있었다. 그러니 먼저 요령을 습득한 이들이 자신들의 무공에 맞추어 설명을 하면 좀 더 효율적일 수 있었다.

무당파와 소림사의 움직임에 다른 문파나 세가들 역시 바다 위에 따로 무리를 이루고 모여 자신들만의 방식으로 요령을 알려 주기 시작했다.

담기령이 그 모습을 가만히 지켜보고 있는 사이, 담기명이 가볍게 미끄러지며 옆으로 다가왔다.

"이거 생각보다 괜찮은데요? 나중에 왜구들 상대할 때도 유용할 것 같습니다, 형님."

"아마 그럴 것 같구나."

"그나저나 이거 너무 시간을 지체하는 거 아닐까요? 그 사이에 놈들이 다른 곳으로 가기라도 하면……."

"소왕도가 이미 놈들이 은신처였다. 거기에서 다른 은신처로 옮겼다면 또 다른 은신처가 있을 가능성은 적다. 게다가 워낙 사람이 많아 임시로 다른 곳으로 가는 것도 쉽지는 않을 것이다."

"그래도 만약이라는 게 있지 않습니까? 그리고 저걸 익히느라 시간을 소모하다 보면……."

담기명이 걱정스러운 듯 말했지만, 담기령은 피식 웃으며 말했다.

"아마 내일이면 다들 자신들만의 요령으로 물 위를 달리고 있을 게다."

9장
해전

오왕도 수군사령(水軍司令) 이시다 요시히로(石田 義弘)의 두 눈이 가늘게 좁혀졌다.

"뭐하는 짓이지?"

그의 눈에 담긴 것은 저 멀리 바다 위에 떠 있는 서른 척의 배였다. 바로 자신들을 공격하기 위해 바다를 건너온 토벌대가 탄 배였다.

요시히로는 모든 배의 화포를 쏠 준비를 하고 놈들이 화포의 사정거리에 들어오면 한꺼번에 수장시켜 주리라 마음먹고 있었다.

일선의 배들이 화포를 준비하고 있고, 이선의 배에는 해영단이 대기를 하고 있었다. 일단 놈들의 배를 침몰시킨 후

물에 뛰어드는 놈들은 해영단이 물귀신으로 만들어 줄 생각이었다.

오왕도의 원래 수군사령은 장율기였다. 하지만 그는 얼마 전, 선단장 하나가 실종된 것을 보고하지 않은 탓에 만방도의 위치를 적에게 들키게 만드는 과오를 저질러 그 자리에서 처형당했다.

요시히로는 죽은 장율기의 후임이었다. 그런 이유로, 요시히로는 꽤 의욕에 차 있었다. 좀 더 훌륭하게 일을 처리해 섬에서의 입지를 공고히 다지기 위해서였다.

그런데 토벌대 놈들이 갑자기 멈추더니 더 이상 다가오지를 않는다.

묘한 눈길로 토벌대의 배들을 살펴보던 요시히로의 입가에 조소가 어렸다.

"멍청한 놈들이구나."

토벌대의 배는 돛을 접고 있었다. 언제 화포가 날아올지 모르는 바다 위에서 돛을 접는다는 건 그대로 침몰당하겠다는 것이나 마찬가지.

비록 놈들이 사정거리 밖에 있기는 했지만 저들이 돛을 접고 움직이지 않는 한, 이쪽에서 다가가면 금세 사정거리 안에 둘 수가 있었다.

"오지 않으면 우리가 가지."

그때 바로 곁에 있던 그의 부관 우키다 히데이에(宇喜多

秀家)가 급히 말했다.

"함정일지도 모릅니다, 이시다 사령!"

"음?"

"저들 중에 수군이 없을 수는 있습니다만, 바로 화포를 맞을지도 모를 짓을 함부로 할 정도로 멍청하지는 않을 겁니다."

"그래서 함정이라 이건가?"

"그렇게 확신할 수는 없습니다만, 그래도 조심할 필요는 있다고 생각합니다."

일리가 있었다. 갖가지 방법을 동원해 자신들을 이곳까지 몰아세운 놈들이었다. 그런데 바다 위에서 아무 생각 없이 스스로 움직임을 멈추는 것은 이상했다.

"각 선단에 전하라. 놈들의 움직임에서 눈을 떼지 말고, 언제든 화포를 쏠 수 있도록 준비하라. 만일 게으름을 피우는 자가 있다면, 그 자리에서 참수할 것이다!"

적이 함정을 파고 있을지도 모른다는 데 생각이 미치자, 요시히로는 가장 먼저 병사들의 군기를 다잡았다. 이런 상황에서는, 방심이 죽음을 부른다는 것을 바다에서 보낸 긴 세월로 알고 있었기 때문이다.

잠시 고민하던 요시히로가 히데이에를 향해 물었다.

"해영단을 보내는 건 무리가 있겠지?"

"그러기에는 거리가 너무 멉니다. 일단은 물속에서 준비를 해 두는 정도만 하시지요."

해영단은 주로 물속에서 움직이며, 섬에 있을 때는 해안으로 다가오는 배들을 살피거나 배 밑바닥에 구멍을 뚫어 침몰시키는 일을 주로 했다. 그리고 해전이 벌어졌을 때는, 가까이 다가오는 배를 물속에서 공격하는 역할을 맡곤 했었다.

하지만 지금은 거리가 너무 멀다 보니, 가는 도중에 들킬 우려가 있었다.

"그게 좋겠군. 그렇게 하라."

"예."

한쪽은 화포를 준비하고, 다른 한쪽은 화포의 사정거리 밖에서 정박한 채 지루한 대치가 이어졌다. 물속으로 들어갔던 해영단이, 체온이 떨어지는 것을 막기 위해 교대로 배에 올라 쉬었다가 다시 물에 잠기기를 몇 번이나 반복했다.

그러는 사이 느리지만 쉬지 않고 움직이던 하늘의 해가, 뉘엿뉘엿 수평선 너머로 잠겨 들기 시작했다. 잔잔한 바다가 붉게 물들고, 수면 위에는 군선들의 긴 그림자가 드리워졌다.

하지만 토벌군의 배는 여전히 움직이지 않았다.

"흠, 좋지 않아."

요시히로가 마음에 들지 않는다는 표정으로 고개를 저었다. 이대로 밤이 찾아오면, 많은 변수가 생기는 탓이었다.

그중에서도 가장 큰 문제가 바로 시야였다.

하필이면 오늘은 그믐달이 뜨는 밤이었다. 그믐달은 밤새도록 뜨지 않다가 새벽이나 되어야 잠시 모습을 비추고 사라질 뿐이다. 다시 말해, 이대로 해가 질 경우 바다 위에는 시커먼 어둠에 잠식된다는 뜻이다.

"화포를 무용지물로 만들겠다는 심산일까요?"

히데이에가 걱정스러운 목소리로 물었다. 아무것도 보이지 않는 어두운 밤이라면, 아무래도 화포의 정확도가 현저히 떨어지는 탓이었다.

"그럴지도……."

"엇!"

요시히로가 고개를 끄덕이려는데 히데이에가 갑자기 실성을 뱉는다.

"왜 그러는가?"

"노, 놈들이!"

히데이에가 저 멀리 보이는 토벌군의 배를 가리켰다.

"설마!"

시선을 돌린 요시히로 역시 깜짝 놀란 표정을 지었다. 토벌대의 배에서, 돛을 완전히 떼어 내고 있는 광경을 본 탓이었다.

"밤을 기다린 것이었나!"

밝은 색의 돛은 활짝 펴게 되면 어두운 밤이라도 눈에

띌 가능성이 높았다. 즉, 돛을 걷어 낸다는 것은 돛이 보이는 것을 피하겠다는 말이었고, 이는 어두운 밤에 노를 저어 이쪽으로 오겠다는 의미.

"뭐하는 게냐! 당장 화포 사정거리 안으로 전진하라!"

일단 양쪽 선단의 거리가 가까워지면, 화포 보다는 직접 갑판 위에서 싸우는 상황이 올 것이다. 그럴 경우 이쪽이 훨씬 불리했다.

요시히로의 외침과 동시에, 갑판 위가 분주해졌다. 한쪽에서는 닻을 끌어 올리는가 하면, 무수히 많은 수군들이 갑판 아래로 우르르 몰려 들어갔다.

전투 중에는 돛을 펼 것이 아니라 노를 이용해 신속하게 움직여야 하기 때문이었다.

쉰 척의 배들이 순식간에 전투 준비를 마쳤다. 화포를 쏘기 위해 옆을 보인 채 늘어서 있던 상태에서 순식간에 토벌대를 향해 뱃머리를 돌렸다.

둥, 둥, 둥!

사령선인 요시히로의 배에서 북소리가 울렸다. 쉰 척의 오왕도 수군사 소속 군선들이 물살을 갈랐다.

"이런 쥐새끼 같은 놈들!"

좌우 스무 쌍의 노들이 동시에 앞뒤로 움직이며 수면을 휘젓고, 그럴 때마다 군선들이 탄력을 받으며 쭉쭉 정면을 향해 치고 나간다.

그사이 바다 위에 드리워진 군선들의 그림자가 더욱 길어지는 듯하더니, 어느 순간을 기점으로 짙은 그림자가 갑자기 흐려진다.

해는 바다가 삼켜 버린 듯 서쪽의 수평선 너머로 완전히 가라앉았고, 바다 위의 풍경이 갑자기 어둑어둑해졌다. 아직 서쪽 수평선 너머는 붉은 기운이 보였고, 완전한 어둠이 찾아온 것은 아니지만, 요시히로의 마음을 조급하게 만들기에는 충분했다.

"속도를 올려라! 노를 저어라!"

둥둥, 둥둥, 둥둥!

요시히로의 외침에 따라 북소리가 한층 급하게 변한다. 그때였다.

"엇, 저것 보십시오!"

갑판의 뱃머리 쪽에 나란히 서서 토벌대 선단을 살펴보던 히데이에가 깜짝 놀란 표정으로 손짓을 한다.

"무슨 일…… 저, 저게 뭐냐?"

저 멀리 토벌대의 배에서 갑자기 바다로 뛰어드는 인영들이 보였다. 한둘이 아니다. 배 한 척 당 거의 칠팔십여 명이 바다로 뛰어든다.

"설마 우리 해영단처럼 물속에서……."

복잡한 표정으로 추측을 하던 히데이에의 얼굴에 귀신이라도 본 듯한 표정이 떠올랐다. 너무 놀라 말을 하던 중이라는 것마저도 잊은 모습.

요시히로 또한 마찬가지였다. 그의 눈에는 믿을 수 없는 광경이 펼쳐져 있었다.

"등평도수?"

두 사람의 입에서 이구동성으로 같은 말이 새어 나왔다. 왜에서 건너온 두 사람이지만, 중원의 무공에 대해서도 꽤 아는 것이 많았다. 그렇기 때문에 지금 자신들의 눈앞에 펼쳐지는 광경을 더욱 믿을 수가 없었다.

바다로 뛰어들었던 토벌대 무인들이 바다를 건너 이쪽으로 오고 있었다. 헤엄을 치는 게 아니었다. 달리고 있었다. 바다 위를. 수면을.

"미, 미친!"

등평도수라는 것이 전설로만 전해지는 경지라는 것은 두 사람도 알고 있었다. 그런데 지금 저쪽에서 그 전설이라는 등평도수를 펼쳐 이쪽으로 달려오는 자가 거의 삼백여 명이 넘었다.

"머, 멈춰라! 일제히 오른쪽으로 선회하고 화포를 쏴라!"

얼굴이 하얗게 뜬 요시히로가 악을 쓰듯 명령을 내린다.

과앙, 광!

징이 울렸다. 세차게 물살을 가르던 군선들이 일사불란하게 노질을 멈춘다.

둥둥둥, 두두두둥!

북소리 또한 숨 가쁘게 울려 퍼졌다. 서로 거리가 멀리 떨어진 배들이 함께 움직이는 해전은 이런 북이나 징, 피리 등을 이용해 일사불란하게 움직이는 것이 가장 기본이었다.

북소리에 맞춰 오왕도 군선들의 우현에 있는 노들이 바쁘게 수면을 휘젓고, 배들은 순식간에 거리를 유지하며 일제히 오른쪽으로 선회한다.

빠른 선회가 끝나자, 군선들의 우현이 등평도수를 펼치며 달려오는 토벌대를 향했다.

"쏴라, 쏴!"

요시히로가 다급한 명령을 외치는 순간.

콰앙, 쾅!

배들이 일제히 불을 뿜었다.

토벌대 무인들은 쾌속하게 바다 위를 달리고 있었다. 한 번 발을 찰 때마다 쭉쭉 미끄러지며 앞으로 뻗어 가는 모습이, 어지간한 배가 움직이는 것보다 빠르다.

"다시 생각해도 대단하군요."

기응천이 나란히 달리고 있는 담기령을 향해 외쳤다. 그런 그가 가리킨 것은, 발에 신고 있는 신발이었다. 구여상이, 물 위를 걸을 때 효율을 높이기 위해 고민 끝에 고안해 낸 것이었다.

기본 적인 모양은 비올 때 신는 나막신인 극(屐)에서 따온 것이었다.

하지만 그 크기와 길이가 전혀 다르다. 길이는 남자 어른의 팔 길이만큼 되었고, 폭은 발 세 개 정도 되는 물건이었다. 그리고 보통의 극이 앞뒤로 두 개의 굽으로 균형을 잡는 것에 반해, 지금 신고 있는 것은 그 굽이 촘촘하게 달려 있었다. 물을 찰 때 좀 더 힘을 받기 위해서였다.

폭이 넓고 길어지니 물 위에서 한층 안정감이 생겼고, 그 안정감을 바탕으로 무인들을 물 위를 자유자재로 움직일 수 있게 되었다.

만드는 것도 그리 어렵지 않았다. 무인들은 대부분 자신의 무기를 갖고 있었기에, 각자 자신이 쓸 물건만 따로 만들면 되기 때문이었다.

전문적으로 나막신을 만드는 것이 아니었다. 각자 자신의 발이 들어갈 정도로만 홈을 파고, 신발을 신은 채 그 홈에 발을 넣은 후 넓은 천으로 꽁꽁 싸매기만 하면 끝이었다.

무인들의 격렬한 움직임에 아무리 꽁꽁 싸매도 천이 찢어질 우려가 있기는 했지만, 바다를 건너 적선에 올라탈 때까지만 버텨 주면 되기 때문에 그리 문제가 되지 않았다.

바다 위를 달리는 무인들은 사문이나 세가들끼리 한 무

리로 뭉쳐 움직이고 있었다. 같은 무공을 익히고 있다는 이유도 있었지만, 긴 세월 함께 해 왔으니 호흡도 잘 맞을 터. 일반 군대와는 다르니 이렇게 움직이는 것이 옳았다.

그때 한 무리가 갑자기 속도를 높이더니 불쑥 앞으로 튀어 나갔다.

"역시!"

기응천이 감탄한 표정으로 외쳤고, 담기령도 고개를 끄덕였다.

먼저 앞서 나가 무리는 곤륜파 제자들이었다 경공과 유신법, 보법으로는 무림 최강이라 자부하는 곤륜파에게 이런 상황은 물고기가 물을 만난 것이나 다름없었다.

담기령은 이미 그러한 상황을 고려해, 그들이 따로 해줄 일을 미리 지시해 놓은 상태였다.

쾅, 콰콰쾅!

저 멀리 어두운 바다 위에 떠 있던 오왕도의 군선이 불을 뿜기 시작했다.

어느새 어두워진 밤바다에 수없이 많은 불꽃들이 명멸하며 어두워진 수면 위에 번쩍거린다.

"온다!"

담기령이 큰 소리로 외친다. 그 소리에 바다 위의 무인들이 서로 간의 간격을 크게 벌렸다.

먼저 앞서 나갔던 곤륜파 제자들은 오왕도의 군선이

화포를 쏘기 전에 이미 서로 간의 간격을 크게 벌리고 있었다.

피이이이잉!

화포가 쏘아 내는 철구를 생각하면 가냘픈 느낌이 들 정도로 가느다란 파공성이 하늘을 뒤덮었다. 하지만 그것도 잠시.

펑, 퍼퍼펑!

소나기처럼 한꺼번에 떨어져 내린 철구들이 거칠게 수면을 두드렸다. 백여 개가 넘는 물기둥이 솟구치고, 그렇게 솟구친 물기둥이 비처럼 바다 위로 쏟아져 내렸다.

수없이 솟구치는 물기둥의 여파로 해수면이 크게 출렁이며, 솥 안의 물이 끓기라도 하듯 쉴 새 없이 너울이 일어나며 사방으로 커다란 물결이 휘몰아쳤다.

"지금!"

담기령이 스스로에게 말하듯 나직하게 외쳤다. 이번 전투를 준비하면서 담기령이 가장 신경을 썼던 것은 두 가지였다.

첫 번째는 어두운 하늘에서 날아드는 화포를 피하는 것. 두 번째는 화포로 인해 수면이 출렁이고 너울이 서로 부딪치며 어지러운 파도가 휘몰아치는 것이었다.

화포를 피하는 것은 무인들 개개인의 능력 문제였다. 담기령은, 바다 위를 달리는 데 너무 신경 쓰다가 화포를 피하는 것을 소홀히 여기지 말라는 정도의 당부만을 했다.

하지만 이 너울은 다르다. 바다 위를 달린다고 해도 밀려드는 너울에는 함께 쓸려 갈 위험이 있었다. 그러다 보면 화포에 당할 위험까지 생긴다.

물론 담기령 스스로도 조심해야 하는 것은 물론.

무인들이 일제히 공력을 움직여 순간적으로 천근추의 수법을 펼쳤다.

아무리 나무 신발을 신고 있다 해도, 천근추의 수법을 운영하자 두 발이 빠르게 물속으로 가라앉는다. 동시에 밀려온 파도가 두 다리, 혹은 허리를 밀어낸다. 하지만 이미 천근추의 수법으로 몸의 중심을 잡고 있었기에, 조금 더 가라앉기는 해도 물결에 쓸려 가지는 않는다.

"커헉, 어푸어푸!"

물론 모두가 무사히 물결을 피한 것은 아니다. 몇 명은 제대로 반응을 못해 그대로 파도에 휩쓸리며 물속으로 처박혔다. 하지만 그로 인해 다친 사람은 없었다. 물에 빠진 이들도 금세 몸을 일으키며 다시 무리에 합류를 했다.

콰콰콰쾅!

화포들이 쉴 새 없이 불을 뿜었다. 솟구쳐 오르는 물기둥으로 인해 쏟아져 내리는 거센 물줄기와 화포가 토해 낸 철구가 한데 섞여 떨어져 내렸다.

화포를 피하고, 뒤이어 밀려드는 물결을 흘려보내기를

몇 번이나 반복했다. 그런 와중에도 전황을 유심히 살피던 담기령이 갑자기 공력을 한껏 머금으며 거센 사자후를 터트렸다.

"우회!"

화포 소리가 하늘을 가득 메우는 와중에도 담기령의 목소리가 또렷하게 울려 퍼졌다.

명령이 떨어지는 순간 앞서 가는 곤륜파 제자들을 제외한, 물 위에 올라온 토벌대 무인들이 한꺼번에 방향을 틀었다.

그 순간, 다른 호령이 바다 위로 퍼졌다.

"산개!"

곤륜파 장문인 우궁자의 외침이었다. 곤륜파 제자들은 이제 완전히 어두워진 밤바다를 세차게 가로질러, 오왕도의 군선에 지척으로 다가가 있었다.

"온다, 활을 쏴! 갑판 위로 오르지 못하게 막아라!"

요시히로가 온 힘을 다해 명령을 내렸다. 이미 지척까지 다다른 곤륜파 무인들은 더 이상 화포로 어찌해 볼 수가 없었다. 너무 가까이 붙은 탓이었다.

그렇다며 저들이 배에 오르지 못하게 막는 것이 가장 우선이었다. 수군사의 병력들이 절대 어찌해 볼 수 없는 수준의 고수들이었다. 바다 위를 달려온 것이 등평도수의 경공이 아니라는 것은 잘 알고 있었다. 그렇다 해도 저들이 자신들에 비해 훨씬 높은 수준의 고수라는 사실은 변함이 없었다. 만일 배에 오르게 된다면, 양떼 속에 늑대가 뛰어든 격이었다.

화포를 맡은 병사들 외에, 나머지 병사들이 시위를 당기고 장창을 들고 대기한다.

요시히로와 히데이에 또한 칼을 뽑아 들고 싸울 준비를 했다.

투투투튜!

궁수들이 쉴 새 없이 시위를 당겼나 놓기를 반복했다.

쏴아아아!

화살들이 비처럼 수면 위로 쏟아져 내린다. 장창을 든 병사들도 적들이 가까이 오면 언제든 창으로 찌를 준비를 하며 온 신경을 집중했다.

그리고 마침내, 넓게 산개한 곤륜파 제자들이 오왕도 군선에 닿았다.

더는 명령도 신호도 없다. 곤륜파 제자들은 일사불란하게 조를 이루며 군선의 뱃전으로 미끄러져 들어갔다.

쏴아아아!

화살비가 쏟아졌지만, 이들 모두가 이미 절정 이상의 무인들이었다. 그리고 화살은 너무 가까운 거리에서는 오히려 그 위력이 잘 나오지 않는다.

타타타탁!

가볍게 휘두른 장검에 화살들이 속절없이 꺾이고 튕기며 흩어졌다.

그리고 마침내 뱃전에 도달했다.

쉬이이, 사각!

곤륜파 제자들의 장검이 호쾌한 궤적을 그렸다.

"헙!"

요시히로의 두 눈이 화등잔만 하게 커졌다.

"사, 사령님!"

히데이에 또한 심장이 철렁 내려앉는 기분으로 요시히로를 불렀다.

'당했다.'

요시히로가 암담한 표정으로 두 눈을 질끈 감았다. 뱃전까지 단숨에 쇄도해 들어온 곤륜파 제자들의 검이 아래로 내려가 있는 노를 노린 것이었다.

넓게 산개한 곤륜파 제자들이, 모든 군선의 좌현에 튀어나와 있는 노를 수숫대 자르듯 모조리 잘라 버린 것이었다.

해상의 전장에서 빠른 기동력과 선회 능력을 일시에 무력화시키는 방식. 보통의 해전에서는 생각도 해 볼 수 없는 기가 막힌 전술이었다.

"사, 사령 일단 후퇴해야 합니다!"

히데이에가 황급히 말했다. 좌현의 노를 잃었다고 하지만, 우현의 노가 남아 있으니 어떻게든 방향을 트는 것은 가능했다. 아직 돛이 멀쩡하니 바람을 타면 어찌어찌 달아나는 것은 가능할지도 모른다.

"후퇴하라!"

요시히로가 참담한 표정으로 외쳤고, 히데이에가 그 명령을 복창했다.

"전군 후퇴하라!"

두두두두둥!

다급한 북소리가 울렸다. 좌현의 노를 모두 잃은 군선들이 우현의 노만으로 다급하게 뱃머리를 돌렸다. 동시에 돛을 펴고 한껏 바람을 끌어안았다. 이대로 최대한 빨리 만방도로 되돌아가야 했다. 섬으로 돌아가면 우군사의 병력들이 있고 화포를 활용할 수도 있었다. 질책을 당하더라도 어쨌든 여기서 뒤를 잡혀 전멸만 당하지 않으면 된다.

하지만 그것은 어디까지나 히데이에의 바람일 뿐이었다.

"선회!"

어지러운 바다 위로 우궁자의 명령이 또다시 터졌다. 순간 군선들의 좌현을 쓸고 지나간 곤륜파 제자들이 급하게 방향을 틀더니 다시 오왕도의 군선을 향해 달려들었다.

"우, 우현 조심!"

히데이에가 다급하게 외친다. 하지만 그보다 곤륜파 제자들의 움직임이 훨씬 빨랐다.

"해영단은 뭣들 하는가!"

뭘 어쩌지도 못하고 있는 요시히로 대신, 히데이에가 역정을 내며 소리를 질렀다.

하지만 그 소리에 누군가 움직이는 정황은 보이지 않는다.

히데이에는 몰랐지만, 해영단은 그가 말을 하기 훨씬 전부터 자신들만의 전투를 펼치고 있었다.

하지만 물속의 느린 움직임으로, 물 위에서 거침없이 질주하는 곤륜파 제자들을 상대하는 것은 역부족이었다. 그 결과로 해수면 곳곳에 붉은 핏물과 시체들이 떠올라 있었다.

하지만 요시히로와 히데이에가 진짜 조심해야 할 것은 따로 있었다.

"승선—!"

배의 뒤쪽에서 들리는 우렁찬 사자후. 기겁을 하며 뒤를 돌아보는 히데이에의 두 눈에, 갑자기 하늘로 솟구쳐 오르는 무수히 많은 인영들이 있었다.

바다 위의 펼쳐진 전장을 크게 후회해 뒤쪽으로 달려온

담기령의 본대였다.

　"크윽!"

　요시히로와 히데이에의 두 눈이 완전한 절망으로 물들었
다.

10장
만방도 상륙

"설명을 하라!"

주형천이 나지막한 목소리로 말했다. 하지만 이전에도 그랬듯이 이번에도 대답하는 이는 없었다.

"이곳의 이름은 만방도(萬放島)다."

만방(萬放)은 본래 바둑을 즐기는 이들이 쓰는 말이었지만, 지금 이 섬의 이름은 거기에서 쓰는 의미로 지은 것이 아니었다.

이곳은 오왕도의 은신처였다. 좋지 않은 상황까지 몰렸을 때, 숨을 돌리면서 다시 처음부터 대업을 준비하기 위해 모든 것을 버린다는 의미로 지어진 이름이었다.

즉, 궁지에 몰리는 상황이 되면 이 섬으로 피한 후, 호흡을 고르면서 쉬겠다는 의지가 담겨 있는 이름이다. 그러니 이곳에 온 이상 섬은 평화로워야 했다.

하지만 그런 바람이 담긴 이름과는 달리, 지금 만방도의 분위기는 어수선하기 짝이 없었다.

주형천의 섬의 이름에 대한 이야기에도, 그 앞에 부복하고 있는 사령들은 여전히 아무런 말이 없었다. 그들 역시 지금 섬의 상황이 편안하지 않다는 것을 알기 때문이었다.

그런데 원래는 여섯 명인 사령들이, 오늘은 다섯 명밖에 보이지 않는다. 장율기가 죽은 후, 후임으로 수군사령이 된 요시히로가 보이지 않았다.

오왕도를 확인하기 위해 섬에서 출항을 했던 것이다. 오왕도를 비울 당시, 뭍에서 오는 병력들을 확인하고 혹시나 할 수 있다면 제거를 하고, 아니면 만방도로 상황을 알리는 임무를 띤 병력들로부터 정기적으로 와야 할 보고가 끊어졌기 때문이었다.

그런데 그렇게 출항한 수군사에서 날아와야 할 보고마저 끊어졌다.

주형천의 심기가 극히 불편한 이유 또한 그것이었다. 무언가 크게 잘못된 것이 분명하기 때문이다.

땡땡땡땡!

갑자기 경종이 울렸다.

"뭐냐?"

주형천이 뭔가 익숙하면서도 불길한 느낌에 버럭 소리를 지른다. 사령들 또한 반사적으로 몸을 일으키며 황급히 밖으로 뛰어나갔다.

"이게 무슨?"

가장 먼저 밖으로 나간 오행사령 임세헌이 이해할 수 없다는 표정으로 중얼거렸다.

먼 바다에서 이쪽으로 미끄러져 들어오는 배들은, 수군사의 군선들이었다. 그런데 왜 저리 경종을 울려 댄단 말인기.

"구, 군기(軍旗)가!"

함께 멍한 표정으로 상황을 살피던 좌군사령 육비두가 화들짝 놀라며 외쳤다. 그 말에 임세헌의 시선 역시 섬으로 오는 군선들의 깃발을 살폈다.

"저게 뭐지?"

수군사의 군선들은 원래 검은 바탕에 오(吳)라는 금색의 글자가 박혀 있는 오기(吳旗)를 쓴다. 그런데 지금 들어오는 배들은 오기가 아닌 황금색 바탕에 검은색 명(明)자가 박힌 깃발이 걸려 있었다.

"수군사가 당했단 말인가!"

임세헌이 놀라 외쳤다.

오왕도의 수군사는 그 안에서 다시 둘로 나뉘어 있었다. 하나는 화포까지 장비되어 있는 제대로 된 수군이었고, 나머지 하나는 오왕도에 속해 있는 왜구들이었다.

그렇기 때문에 규모 면에서는 가장 크지만, 그중 왜구는 정규 수군 병력으로 보기는 힘들었다. 대업을 시작하게 되면 배에서 내려 우군사의 지휘하에 움직이게 될 병력들이었다.

그렇기 때문에 수군사의 정규 병력은 지금 저 멀리 보이는 쉰 척의 군선이 전부였는데, 많은 병력은 아니지만 결코 약하지는 않았다.

그런데 그런 수군사의 군기가 죄다 바뀌어 있다는 건, 쉰 척의 군선이 전부 적들의 손에 넘어갔다는 의미였다.

깜짝 놀라 거듭 확인을 해 보니, 군선들의 후방에 서른 척 가량의 또 다른 배들이 보였다.

"뭣들 하는가! 당장 움직이지 않고!"

상황이 바로 이해가 되지 않아 멈칫거리고 있는 사령들을 향해 주형천의 호통이 떨어졌다.

"아!"

화들짝 놀란 임세헌이 다급하게 몸을 날리고, 나머지 사령들 또한 그 뒤를 따라 달리기 시작했다.

"저기 보세요!"

이석약의 외침에 담기령도 이미 보고 있다는 듯 고개를 끄덕였다. 저 멀리, 만방도의 해안을 따라 다급하게 움직

256

이는 이들이 보였다.

해안선을 따라 길게 늘어서며 자리를 잡는 것은 다름 아
닌 화포였다.

"우리도 시작하지요."

담기령의 말에 이석약이 크게 고개를 끄덕인 후 뒤를 향
해 외쳤다.

"우로 선회!"

담기령과 이석약이 타고 있는 배는, 오왕도 수군사 소속
의 군선들이었다. 이 군선들은 토벌대와의 싸움에서 노를
모두 잃은 상태였지만, 임시로 방향타를 달아 놓은 상태였
다. 전투를 벌일 때처럼 급하게 선회를 할 수도 없고, 사용
하는 것도 한두 번이 한계였지만 토벌대에게는 그 정도면
충분했다.

끼이이익!

삐걱거리는 큰 소리가 울리는가 싶더니 배가 천천히 방
향을 틀었다.

어느 정도 선회가 이루어지자, 이석약이 이번에는 위쪽
을 향해 외쳤다.

"정박!"

외침과 동시에 커다란 돛 위에서 명도문 제자들이 바쁘
게 움직이자 활대에 걸려 있던, 원래는 돛이었어야 할 커다
란 천이 갑자기 힘을 잃은 듯 흐느적거리며 갑판 위로 떨어

져 내렸다. 활대에 돛을 고정하는 밧줄을 끊어 버린 것이었다. 그리하면 다시 돛을 다는 데 많은 어려움이 생기겠지만, 어차피 이 군선들을 쓰고 버릴 물건들이기에 상관이 없었다.

돛을 접는 것보다 이쪽이 훨씬 빠르기에 이 방법을 택한 것이었다.

그사이 닻이 떨어지고, 타고 있던 군선의 좌현이 만방도를 향하는 형태가 되었다.

"쏴라!"

이석약의 마지막 외침이 터졌다.

쾅, 콰콰콰쾅!

굉음과 함께 짙은 연기가 사방에서 피어오르며 화포들이 불을 뿜었다.

화포가 불을 뿜은 것은 담기령 측만이 아니었다. 만방도의 해안에서도 이쪽을 향해 화포를 쏘기 시작했다.

피이이이잉!

굉음에 이어 짧은 적막이 흘렀다. 하늘에는 양쪽의 화포가 토해 놓은 철구가 길고 긴 포물선을 그리며 서로 교차한다.

펑, 퍼어엉!

콰아앙!

바다와 섬의 해안 곳곳에서 물기둥이 솟구치고, 땅이 파

258

이고, 물과 모래의 비가 흩어져 내렸다.

"기죽지 말고 쏴라!"

"예—!"

이석약의 외침에 화포를 맡고 있던 명도문 제자들이 악을 쓰며 화포를 다룬다.

심지를 박고, 화약을 채우고, 쏘아 낼 철구를 밀어 넣기를 반복한다. 세 가지 일이 급하게 처리되자, 횃불을 들고 있던 명도문 제자가 심지에 불을 붙였다.

치이이이익!

기세 좋게 타들어 간 심지의 불꽃이 화포 속으로 사라지는 순간, 화포 주위의 세 사람이 일제히 귀를 막고 몸을 숙였다.

꽝!

화포가 또다시 불을 뿜는다. 하지만 화포가 쏘아 낸 철구는 엉뚱하게도 해안선에 있는 화포대(隊)보다 훨씬 앞쪽의 바닷가를 두드렸다.

아니, 그들만이 아니라 군선에서 쏘는 화포의 절반 이상이 엉뚱한 곳으로 날아가고 있었다. 화포를 다루는 이들이 제대로 훈련을 받은 군사들이 아닌, 절강무련 소속의 무인들인 탓이었다.

반면, 만방도에서 쏘는 화포들은 처음에는 빗나갈지언정 두 번째 세 번째부터는 거의 정확하게 이쪽의 배들을 두드렸다.

쿠웅, 우지지직!

묵직한 소리와 함께 담기령이 타고 있는 군선 바로 옆의 배가 큰 소리를 내며 기울어진다.

"퇴선, 퇴선!"

배에서 다급한 외침이 터져 나오고, 배에 타고 있던 이들이 조금의 미련도 없이 배를 버리고 바다로 뛰어내렸다. 배를 중심으로 섬과 반대 방향으로 뛰어내린 무인들이 급히 헤엄을 쳐 전장을 벗어난다. 무인들이 헤엄쳐 가는 쪽에는 그들이 원래 타고 왔던, 군선의 후방에서 기다리고 있는 자신들의 배가 있었다.

담기령이 군선을 세운 곳이 거의 화포 사정거리의 한계선이었기에, 그 뒤쪽으로 헤엄쳐 멀어지는 무인들은 별다른 어려움 없이 위험 지역을 벗어나 안전한 배에 오를 수가 있었다.

"퇴선, 퇴선하라!"

하늘을 주시하고 있던 이석약이 급히 말했다. 저쪽에서 쏘아 낸 화포의 철구가, 정확하게 이쪽이 갑판을 향해 날아오고 있던 탓이었다.

콰콰콰쾅!

갑판 위의 화포들이 마지막 불을 뿜어내는 동시에, 커다란 철구가 사선으로 갑판으로 파고 들어가 좌현의 뱃전을 뚫고 나온다.

"퇴선하라, 퇴선!"

이석약의 외침에 명도문 제자들 역시 황급히 배를 버리고 물속으로 뛰어들었다.

"멍청한 놈들!"

우군사령(右軍司令) 한마경이 비틀린 미소를 중얼거렸다. 지금 그가 서 있는 곳은, 만방도의 포구에서 섬 안쪽으로 비스듬이 이어지는 비탈 중간에 세워진 누각 안이었다. 이곳에 서 있으면 해안쪽의 전경이 한눈에 보이기에 전황을 살피기 위해 이곳에 자리를 잡은 것이었다.

우군사에 속해 있는 화포대가 군선을 제대로 처리하고 있었다. 쉰 척이 군선 가운데 이미 서른 척 가량이 흉한 몰골로 바다로 가라앉은 상황이었다.

겨우 저런 정도를 가지고 만방도로 왔다니, 참으로 멍청한 놈들이었다.

그때 옆에서 함께 지켜보던 좌군사령 육비두가 갑자기 누각의 난간을 잡으며 상반신을 누각 밖으로 쭉 내밀었다.

"왜 그러시오?"

한마경의 물음에 육비두가 애매한 목소리로 물었다.

"저게 무엇이오?"

"뭐 말이오?"

한마경도 난간을 잡고 몸을 쭉 빼며 육비두가 가리키는 방향을 주시했다.

"음?"

한마경도 고개를 갸웃거렸다. 이상한 놈들이 있었다. 적들은, 배가 침몰하면 미련 없이 배를 버리고 반대 방향으로 달아나고 있었다. 그런데 그렇게 침몰하는 배에서 달아나지 않고 그 주변에서 물에 뜬 채 부유하고 있는 자들이 있었다.

혹시나 시체인가 싶어 살펴보았지만, 계속해서 움직이고 있는 게 분명 살아 있는 사람이었다.

미친 듯이 화포를 쏘아 대고 있는데도 달아나지 않고 저렇게 머물고 있는 것은 분명 이상한 일이었다.

"으음……."

영문을 몰라 고민하던 두 사람의 귓속에 또다시 익숙하면서도 이해 안 되는 소음이 파고들었다.

땡땡땡땡!

아까 울렸던 바로 그 경종이었다.

"이건 또 뭔가?"

한마경이 깜짝 놀라 외쳤다. 이번 경종은 포구 쪽에서 울리는 것이 아니었다. 포구를 바라보고 있는 두 사람의 오른쪽에서 울리고 있었다.

포구는 섬의 북서쪽에 포구가 자리하고 있으니, 경종이

울리는 곳은 섬의 북동쪽.

"좌군막에서 나는 소리가 아니오!"

원래 있던 오왕도는, 중원과 비슷하게 마을이나 관청, 군부 등이 모두 존재하는 하나의 작은 나라처럼 꾸며져 있었다. 하지만 만방도는 그 정도 규모도 아니었고 임시로 사용하는 은신처였기에 그러한 형태를 갖기가 힘들었다.

그저 주거 지역과 육사(六司)에 속한 이들이 머무는 막사들로 이루어져 있을 뿐이었다. 만방도의 가장 깊은 곳에 섬의 일반수민들이 가득 ㅇ분 없이 집단으로 거주하는 마을이 있었고, 섬을 빙 둘러 가며 육사의 막사가 있었다.

그중 북동쪽에 자리한 것이, 좌군사의 무인들이 거주하는 좌군막(左軍幕)이었다.

"여기를 맡으시오!"

좌군사령 육비두가 다급하게 경공을 펼쳐 좌군막을 향해 달렸다.

"헙!"

육비두가 기겁을 하며 헛바람을 들이켰다. 믿을 수 없는 광경이 눈앞에 펼쳐져 있었다.

손에 선장을 든 중과 장검을 든 도사들이 좌군사 소속의 무인들과 난전을 벌이고 있었다.

'어떻게 섬으로?'

좌군사의 무인들과 싸우는 자들이 누구인지는 바로 짐작할 수 있었다. 소림사, 무당파, 화산파의 제자들이었다.

하지만 그들이 어떻게 여기로 들어왔는지 이해가 되지 않았다. 그러다 좌군막 너머 해안이 눈에 들어왔다.

"저게 무슨!"

믿을 수 없는 광경이 펼쳐졌다. 물 위를 달려 해안으로 들어오는 자들의 모습.

'등평도수?'

상상도 못했던 광경에 잠시 머릿속이 새하얗게 변하는 기분이었지만, 이내 그것이 등평도수의 경공이 아니라는 것을 알 수 있었다.

해안으로 들어온 자들의 발에 묶여 있는 커다란 나무 널빤지를 확인했기 때문이었다. 하지만 그렇기 때문에 오히려 더 숨이 막히는 기분이었다.

저렇게 물 위를 달려 섬을 우회해 이쪽으로 들어온 자들이 있다는 말은, 다른 쪽으로도 토벌대의 무인들이 들어오는 게 가능하다는 것을 의미하기 때문이었다.

게다가 지금 좌군막에는 겨우 삼 할 정도의 무인들만 남아 있는 상황이었다. 쉰 척의 군선을 타고 공격을 해 오니, 절반은 상륙하는 적들을 막기 위해 대기하고 있었고, 나머지 이 할 가량의 무인들은 주형천을 지키기 위해 그쪽에 대기하고 있었다.

"흐아앗!"

육비두가 버럭 소리를 지르며 몸을 날렸다. 난전의 한가운데로 뛰어드는 육비두의 손에는 어느새 한 자루 장검이 들려 있었다.

"이놈들이 감히!"

"아악!"

대성일갈을 터트리며 호쾌한 궤적을 그리는 육비두의 장검에, 두 명의 소림사 제자가 피를 뿜으며 바닥을 나뒹굴었다.

"사, 사령님이 오셨다!"

소림사 제자들에게 궁지로 몰리고 있던 좌군사 무인들이 큰 소리로 외쳤다.

좌군사 역시 수군사와 마찬가지로 크게 둘로 나뉘어 있었다. 그중 하나는 중원 곳곳에 산적이나 수적의 모습으로 몸을 숨기고 있는 자들이었고, 나머지 하나는 절정 이상의 무인들로 이루어진 본대였다. 그리고 지금 만방도 좌군막에 있는 이들은 모두 본대의 무인들이었다.

본대에 속한 무인의 수는 모두 일천 명. 하지만 그중 오백은 포구 쪽에, 이백은 주형천을 지키기 위해 나가 있었기에 남아 있는 이는 겨우 삼백여 명이었다.

그에 반해 바다 위를 달려 해안으로 올라오는 토벌대 무인의 수는 거의 육백여 명. 게다가 올라오는 자들의 몸놀림이나 병장기를 보니 모두 다 최소 절정의 경지에 오른 자들이었다.

그런데 병력은 두 배나 되니 당연히 이쪽이 수세에 몰릴 수밖에.

"좌군은 뒤로 물러나라!"

육비두의 명령에 좌군사 무인들이 신속하게 전장을 벗어나 뒤쪽으로 물러섰다.

적들이 물 위를 달려오는 광경을 보고 당황한데다 수적으로도 열세에 속하다 보니 어쩔 수 없이 당하고 있었지만, 자신들의 사령인 육비두가 왔다는 것을 알게 되니 다들 일사불란하게 움직이기 시작했다.

"죽어!"

싸늘한 목소리와 함께 육비두의 신형이 소림사 제자들 사이로 파고들었다.

눈이 부실 정도로 이글거리는 붉은 검강이 소림사 제자들의 몸뚱이를 난도질했다. 비명도 들리지 않았다. 오직 붉은 핏줄기만이 사방으로 뿜어질 뿐.

"싸우지 말고 물러나라! 포구에서 합류한다!"

육비두의 등장에 힘을 얻은 좌군사의 무인들이 혼란스러운 정신을 수습하며 하나둘 후방으로 물러나기 시작했다.

그러는 사이에도 육비두의 검에 열 명의 토벌대 무인들이 목숨을 잃었다.

"멈춰라!"

육비두의 장검이, 좌군사 무인들을 핍박하고 있는 무당파 제자들의 뒤를 노리는 찰나 어디선가 호통이 울려 퍼졌다.

"흡!"

자신을 향해 밀려오는 무지막지한 압력에 육비두가 황급히 방향을 틀었다.

그아아앙!

기묘한 끌음에 끌기며 육비두는 황급히 뒤로 다섯 걸음을 물러섰다. 그런 육비두의 정면에는 하얀 검강에 휩싸인 태극검을 든 노도사가 형형한 안광을 뿜어내고 있었다. 무당파 장문인 을헌자였다.

"흥, 무당산의 말코가 어인일로 먼 바다 밖의 외딴 섬까지 행차를 하셨는가?"

하지만 을헌자는 말 대신 행동으로 대답을 했다.

슥, 스슥!

땅을 끌듯 움직이는 두 발이 쾌속하게 교차하는 듯하더니, 순식간에 서로 간의 거리를 좁힌다. 동시에 손에 들린 장검이 파르르 떨리는가 싶더니 다섯 개의 원을 그리며 육비두의 가슴팍을 헤집었다.

하지만 육비두는 이미 경공을 펼쳐 뒤로 물러서고 있었다.

"크흐흐, 싸우는 건 나중으로 미루는 게 좋겠는데?"

어느새 좌군사의 무인들과 함께 선 육비두가 얼굴 가득 비웃음을 띠며 말했다.

육비두가 전장을 종횡무진 하는 사이, 정신을 차린 좌군사의 무인들이 그의 명령에 따라 다들 뒤로 물러서서 토벌대 무인들과 거리를 두고 있었다.

"포구로 후퇴한다!"

육비두의 외침에 좌군사의 무인들이 곧장 반응을 보였다.

"서라!"

을헌자가 큰 소리로 외쳤지만, 그 말을 들어줄 리가 없다. 좌군사의 무인들이 한꺼번에 물러서자 토벌대 무인들 또한 다급하게 그 뒤를 쫓아 몸을 날렸다.

하지만 추격은 없었다.

"쫓지 말고 대기하라!"

화산파 운허자의 외침에 쫓으려는 발걸음을 멈춘 것이었다.

그들이 맡은 일은 좌군사 무인들을 치는 것이 아니라, 모두 상륙하여 대형을 짜고 신호에 따라 한 번에 움직이는 것이었다.

지금 저들을 쫓는다면 오히려 아군의 움직임에 지장을 줄 가능성이 있었다.

"후우!"

을헌자가 짧게 호흡을 고르며, 저 멀리 달려가고 있는 좌군사 무인들과 육비두의 뒷모습을 노려보았다. 당장이라도 죽은 제자들의 복수를 하고 싶었지만, 지금은 큰 움직임에 따라야 할 때였다.

"궁수대는 뭘 하는 게냐! 활을 쏴라!"

비탈 위의 누각에 올라가 있던 한마경은, 어느새 화포대가 있는 곳까지 내려와 있었다. 버럭버럭 소리를 지르다가 답답한 마음에 자신이 직접 한 병사의 활을 뺏어 들고 시위를 당겼다.

끼이이익!

시위가 팽팽하게 당겨지자 활대가 크게 휘어지며 격하게 비명을 질렀다.

퉁, 쉬이익!

시위를 퉁기는 순간, 시위에 걸려 있던 화살이 순식간에 공간을 허공을 가로지르며 바다 위를 날았다. 한마경이 겨냥했던 목표는, 아무리 봐도 저 바다 위의 상황을 지휘하고 있는 것으로 보이는 젊은 남자였다.

세차게 하늘을 난 화살이 사내의 가슴팍을 향해 날아간다. 하지만 결과는 화살대가 꺾이며 허무하게 바닷물 속으로 곤두박질치는 것.

"서두르지 못하겠는가!"

한마경은 다시 한 번 고래고래 소리를 질렀다.

처음 토벌대가 바다 위를 뛰어다니는 모습을 보았을 때는 그야말로 심장이 뛰어나오는 기분이었다. 이제는 저들이 등평도수의 고수가 아니라는 것을 알고 있었다. 하지만 그렇다고 저들이 위협적이지 않다는 것은 아니다.

배를 타고 상륙을 할 때는 배만 부수면 된다고 생각했었다. 하지만 저렇게 바다 위를 달려 상륙하는 것은 막는 것이 불가능할 정도다.

물론 단순히 바다 위를 달리기 때문이 아니다. 저들 하나하나가 최소한 절정 이상의 무인들이기 때문이다.

"크윽!"

한마경이 신음을 짓씹으며 바다 위에 떠 있는 자들을 노려보았다.

적들의 움직임은 마치 자신들을 도발하는 듯했다. 이백여 명의 무인들이 바다 위를 종횡무진 달리며 한꺼번에 섬으로 달려오는 듯싶다가, 어느 순간 갑자기 몸을 뒤로 비스듬히 눕히는가 싶더니 거꾸로 바닷물을 차며 뒤로 물러난다.

들어올 듯 말 듯 하는 움직임을 벌써 수십 번이나 반복하고 있는 상황이었다.

'뭘 하자는 수작이냐?'

속으로 그런 고민을 하던 한마경의 머릿속에 갑자기 무언다가 번뜩하고 스쳤다.

'설마?'

아까 좌군막에서 울렸던 경종이 퍼뜩 떠올랐다. 그리고 다시 저 멀리 바다 위에 서 있는 자들을 본다.

'양동?'

저렇게 널빤지를 발에 묶고 바다 위를 달릴 수 있다면, 충분히 가능한 일이었다. 사람을 태운 배는 눈에 쉽게 띄지빈, 사람은 기계만 어느 정도 벌리면 눈에 잘 띄지 않는다. 게다가 쉰 척이 군선을 이끌고 섬으로 왔으니 모든 신경이 그쪽으로 쏠릴 수밖에.

"멈춰라!"

한마경의 외침과 동시에, 하늘이라도 뒤흔들 듯 쉴 새 없이 불을 뿜던 화포들이 일제히 멈췄다. 궁수대 역시 당겼던 시위를 놓고 한마경에게 시선을 보았다.

"좌군좌사(左軍左仕)!"

한마경의 부름에, 한쪽에 모여 있던 오백여 명의 무인들 중 하나가 재빨리 그에게로 달려왔다.

좌군사는 좌군사령의 아래로 각각 오백 명씩의 무인을 통솔하는 좌군좌사와 좌군우사가 있었다. 지금 달려온 사내는 좌군좌사 고경이었다.

"부르셨습니까?"

"이백여 명만 남긴 후, 나머지를 이끌고 오행막이 있는 곳으로 가라!"

"예?"

뜬금없는 명령에 고경이 반사적으로 되물었다.

"성동격서다! 저 군선으로 우리의 시선을 뺏은 후, 북동쪽과 남서쪽에서 상륙을 시도하고 있다!"

직접 본 것은 아니지만, 이런 상황에서 내릴 수 있는 결론은 그것밖에 없었다. 육비두가 좌군막이 있는 북동쪽으로 향했으니 다른 무인들은 남서쪽으로 보내 그곳을 지켜야 했다. 오행사에 무인이 없는 것은 아니지만, 대부분이 비선들이기에 암살이나 은신에는 능할지언정 정면으로 맞붙는 전투에는 턱없이 약했다. 그러니 그쪽으로 보호하려면 좌군사의 무인들을 보내는 게 가장 좋았다.

"알겠습니다!"

고경이 깜짝 놀라 대답을 한 직후, 한마경의 말 대로 이백 명의 무인들을 남겨 놓고 나머지 삼백의 무인들을 이끌고 급히 오행막이 있는 남서쪽을 향해 달렸다.

좌군사의 무인들이 빠지자 해안을 포함한 바다 위에는 갑작스러운 적막이 찾아왔다.

더 이상 땅과 바다를 뒤흔드는 화포 소리도, 하늘을 가득 메우는 화살도 보이지 않는다. 토벌대 역시 섬에서의 그런 반응에 별다른 움직임을 보이지 않은 채 섬을 주시했다.

"눈치를 챈 모양이오."

곤륜파 장문인 우궁자의 말에 담기령이 천천히 고개를
끄덕였다.

토벌대가 만방도를 공격하는 데 가장 문제가 되는 것이
상륙이었다.

배를 타고 포구로 들어가다가는 화포에 당할 게 빤했다.

그리고 일전에 만든 나무 신발로 바다 위를 달리는 것
도 이번에는 무리가 있었다. 저쪽에도 수준 높은 무인들이
대기하고 있었다. 화포와 화살, 무인들을 동시에 상대하면
이쪽의 피해가 너무 많아지기 때문이었다.

그래서 구여상과 이세신, 유춘은 며칠 전의 해전에서 빼
앗은 적선을 이용해 양동을 생각한 것이었다.

지난 번 오왕도 수군사와의 해전에서, 적선의 피해는 없
었다. 타고 있는 수군들만 죽었을 뿐이었다.

그 군선들에 절강무련 소속의 무인들을 태웠다. 화포를
쏘는 것은 대강 순서만 알면 되는 일이었다. 신속하면서 정
확하게 적을 맞추는 것은 많은 훈련이 필요한 일이었지만,
그저 쏘기만 하는 것이라면 절강무련의 무인들만으로도 충
분했다.

처음에는 아예 저들의 수군으로 위장을 하고 포구에 정

박을 하자는 이야기도 나왔었다. 하지만 양현의 노가 모두 잘리고, 여기저기 망가져 있는 상태를 보면 뭔가 이상하게 여길 우려가 있었다. 거기에 더해서, 섬에 도착하기 전에 해영단이 먼저 눈치를 챌 가능성도 있었기에 양동으로 방향을 돌린 것이었다.

배에 매단 군기를 바꾼 것도 그런 이유였다. 군선을 이용해 최대한 저들의 시선을 끌기 위해 일부러 눈에 띄는 명기를 달아 놓은 것이었다.

그러는 사이, 뒤쪽에 머문 토벌대의 배에서는 무림맹에서 온 각 문파의 무인들이 바다를 달릴 준비를 하고 있었다.

군선으로 시선을 끌고, 화포를 이용해 전투를 벌이면 모든 신경이 그쪽에 집중될 것은 빤한 일. 그 사이 무림맹의 무인들은 멀리 바다를 돌아 다른 방향으로 상륙을 하려 한 것이었다. 물론 아무리 절정 수준의 무인들이라 해도 바다 위에서 그 정도로 먼 거리를 움직이면 급격히 체력이 소진된다는 문제가 있기는 했다.

하지만 일단 포구를 중심으로 전투가 벌어지면 대부분의 병력이 포구 쪽에 모일 테니, 토벌대 무인들의 체력이 좀 떨어지더라도 크게 문제가 없으리라고 보았다.

그리고 그 계획은 보기 좋게 성공했다.

담기령과 함께 바다 군선 근처에서 적의 시선을 끈 이들은 곤륜파 무인들이었다. 담씨세가 무인들은 모두 뒤쪽에 있는 토벌대의 배에서 신호를 기다리는 중이었다.

원래대로라면 다른 문파의 무인들과 함께 섬에 상륙을 했어야 하지만, 담씨세가 무인들에게는 생각지도 못한 약점이 있었다. 땅 위에서의 전투를 위해서는 갑주를 착용해야 한다는 점이었다. 그런데 갑주를 착용하고 바다 위를 달린다는 건, 체력의 문제도 있지만 작은 실수로 바다에 빠졌을 때 벗어날 방법이 없었다. 아무리 무인들이라지만 쇠로 만든 갑주를 온몸에 착용하고 바다에 빠진다면, 그냥 물에 빠진 돌덩이 그 이상도 이하도 아닌 상태가 되기 때문이었다.

그렇기에 물 위에서 움직일 때 가장 빠르고 순발력이 좋은 곤륜파 무인들이 담기령과 함께 군선에 타고 있다가 적의 시선을 끈 것이었다.

그리고 이제는 움직일 때가 되었다. 처음 군선을 타고 섬으로 다가갈 때부터 신경 쓰고 있던 자들. 경종이 울리는 것이 들리고, 화포가 배치되었을 때 다른 곳에서 급하게 달려 왔던 오백여 명의 무인들이었다.

거리가 먼 탓에 자세히 보지는 못했지만, 긴 거리를 단숨에 달려 자리를 잡고 대기하는 그들의 모습에서 대강의 무위를 짐작할 수 있었다. 최소 절정 수준의 무인들이었다. 그들이 있는 상황에서 상륙을 시도했다가는 이쪽의 피해가 엄청날 것이 분명하기 때문이었다.

그런데 그들 중 대략 삼백여 명이 빠졌다. 그러니 빨리 움직여야 했다. 다른 곳에 있던 무인들이 온다면 상황이 난감해진다.

문제는 아직도 버티고 있는 화포에 궁수들; 그리고 이백의 무인들을 뚫고 상륙을 하는 것이 가능한가 하는 점이었다.

잠시 고민하던 담기령이 우궁자를 향해 말했다.

"먼저 가겠습니다."

"그게 무슨 말입니까, 총병관!"

우궁자가 기겁을 하며 물었다. 저 속으로 홀로 뛰어든다는 것이 어떤 의미인지 알기 때문이었다.

"괜찮습니다. 제가 저쪽 해안에 닿는 순간, 모든 전력을 끌고 상륙을 시도해 주십시오. 제가 시간을 끌겠습니다."

"함께 갑시다. 그 편이 더 가능성이 있소이다."

"하지만 이쪽의 피해가 아주 커집니다. 오히려 혼자서 저 사이를 헤집는 것이 나을 것입니다. 그럼 부탁합니다."

말이 끝나기가 무섭게 담기령이 수면을 박찼다.

기다렸다는 듯이 다시 화포가 불을 뿜었다. 화살들이 담기령 한 사람을 향해 집중된다.

촤악, 촤악!

담기령이 두 발을 더없이 빠르게 놀리며 수면 위에 길고

무림
영주

짧은 갈지(之)자를 그려 대며 속도를 더한다.

무수히 날아드는 화포와 화살을 피하며, 담기령은 순식간에 해변에 올라섰다.

그리고 기다렸다는 듯 열 명의 무인들이 담기령을 향해 달려들었다. 보아하니 나머지는 뒤에서 대기하고 있는 곤륜파 무인들의 상륙에 대비하고 있는 모양이었다.

'오히려 감사하지!'

담기령이 입가에 피식 미소를 지으며 땅을 박찼다. 사방에서 날카로운 비릿소기가 함께 묵직한 압력이 새두해 들어왔다.

카카카칵!

거친 쇳소리와 함께 담기령의 창월이 날아드는 공격을 받아친다.

잘 모르는 이들이 담씨세가의 무공을 평할 때 가장 먼저 떠올릴 수 있는 말은 단 한 마디 '무식하다' 였다. 그만큼 저돌적이고 물러서지 않는 과격한 무공이 팔황무였다. 물론 그 세부적으로는 더 없이 섬세한 무공이지만, 겉으로는 그런 세심함은 조금도 보이지 않는다.

달려드는 열 명의 무인들을 뒤로 물러나게 만든 담기령이, 창월에 한껏 공력을 실어 땅을 후려쳤다.

파아앗!

창월의 도신이 해안의 모래밭에 박히는 순간, 시퍼런 강기가 폭사되며 사방으로 모래가 튀어 올랐다.

"헉!"

열 명의 무인들이 황급히 뒤쪽으로 물러서는 순간, 담기령이 그대로 땅을 박찼다.

"멈춰라!"

뒤로 물러나 담기령을 주시하고 있던 한마경이 큰 소리로 외치며 앞으로 나섰다. 무인들의 포위를 단숨에 뚫은 담기령의 신형이 향하는 곳은, 다름 아닌 해안선을 따라 길게 배치되어 있는 화포대였기 때문이다.

후우웅!

묵직한 바람소리와 함께 한마경의 철극(鐵戟)이 크게 횡으로 휘둘러지며 담기령의 옆구리를 노렸다.

그때였다.

갑자기 담기령의 주위로 시커먼 안개가 피어올랐다.

"흡!"

깜짝 놀란 한마경이 철극을 휘두르는 두 손에 더욱 힘을 주었다. 뭔가 이상할 때는 뒤로 물러서는 게 아니라, 오히려 힘을 더해서 그것을 밀어내는 것이 한마경의 성격이었다.

한마경의 철극이 검은 안개로 둘러싸인 담기령을 후려쳤다고 생각하는 순간, 철극을 쥔 두 손에 갑자기 힘이 빠졌다. 후려쳤다고 생각하는 순간, 갑자기 철극이 미끄러지는 듯하더니 거센 반발력이 밀려왔다.

"큭!"

아무리 저돌적인 한마경이었지만, 이런 예기치 못한 상황이 닥치니 반사적으로 뒤로 물러설 수밖에 없었다. 그이, 담기령을 뒤덮고 있던 검은 안개가 꺼지듯 사라졌다.

"헙!"

그리고 안개가 사라진 담기령의 모습에, 한마경이 헛바람을 들이켰다. 분명 평범한 무복만 입고 있던 담기령이 갑자기 온몸에 갑주를 착용한 모습으로 나타난 것이다.

"사술(邪術)……."

떠오르는 말이 그것밖에 없었다.

그만큼 한마경의 당혹감은 컸다. 그리고 그것이 한마경의 최후를 불러들였다.

"탓!"

짧은 기합과 함께 담기령의 신형이 세차게 한마경의 품으로 파고들었다.

"진격—!"

해안가의 상황을 살피던 우궁자가 잔뜩 공력을 실어 사자후를 터트렸다. 홀로 섬에 올라선 담기령이, 화포대로 뛰어들어 말 그대로 살육을 펼치고 있었다.

일단 화포만 없다면 어떻게든 피해를 줄인 상태로 상륙

하는 것이 가능했다.

좌아아악!

세차게 물살을 가르는 소리와 함께 곤륜파 무인들이 섬을 향해 달리고, 어느새 가까이 다가온 토벌대의 배가 빠른 속도로 선착장으로 향하고 있었다.

11장
결전(決戰)

"허!"

우궁자는 숨도 제대로 쉬지 못한 채 멍한 표정으로 한 곳을 보았다. 우궁자만이 아니다. 우궁자를 따라 섬으로 상륙한 곤륜파 제자들 모두가 입을 쩍 벌리고 있었다.

말 그대로 기가 막힌 광경이었다.

"십완보!"

"오획오격(五劃五隔)!"

쉴 새 없이 호령이 터지고, 열 명씩으로 이루어진 담씨 세가 무인들이 마치 한 몸이라도 된 듯 일사불란하게 움직이며 적들을 도륙한다.

저쪽에서는 담기령이 홀로 이십여 명의 무인들을 밀어붙

이고 있었고, 다른 쪽에서는 담기령의 동생인 담기명이 다섯 명이 무인을 상대로 대도를 휘두르고 있었다.

"자, 장문인."

제자 하나가 놀란 표정으로 다가와 우궁자를 불렀다.

"왜 그러느냐?"

"우리는 뭘 해야 합니까?"

그제야 정신이 퍼뜩 들었다.

담기령에 이어 섬으로 상륙한 곤륜파 무인들은, 기다리고 있던 좌군사 이백여 명의 무인들을 상대해야 했다. 담기령은 토벌대의 배가 상륙할 수 있게 화포대를 휘젓고 있었기에 나머지 무인들은 고스란히 곤륜파의 몫이 되었던 것이다.

그리고 그것은 아주 힘든 일이었다. 꽤 긴 시간 물 위에서 움직인 데다, 급하게 섬으로 상륙하기 위해 무리하게 공력을 쓴 탓에 막상 뭍으로 올라갔을 때는 체력이 꽤나 고갈된 상태였다. 그런 몸으로 이백여 명의 무인을 상대하자니 힘에 부치는 것은 당연한 일.

우궁자는 정면으로 상대하기보다는 경공과 신법을 이용해 일단 시간을 끄는 데 집중하도록 제자들을 이끌었다.

그렇게 지루한 대치가 잠시 이어진 후, 놀라운 일이 벌어졌다. 곤륜파가 시간을 끄는 사이 섬에 상륙한 담씨세가 무인들이 들이닥친 것이었다.

'무시무시하군!'

담씨세가 무인들의 전투를 직접 목격한 우궁자가 처음 한 생각이었다.

열 명씩으로 조를 짜고 움직이는 담씨세가 무인들은, 그 중 한 사람이 쉴 새 없이 입으로 무언가 호령을 했고, 그럴 때마다 담씨세가 무인들은 한 몸이라도 된 듯 일사불란하게 대형을 바꾸고 움직임을 바꾸며 적을 밀어내고 있었다.

그 직후 떠올린 것은 무림의 그 누구도 향후 담씨세가에 시비를 걸 수 없을 것 같다는 생각이었다.

단순히 무공의 문제가 아니다. 진법이라기보다는 군대의 진형에 가까운 방식으로 전투를 하는데, 거기에 조금도 빈틈이 보이지가 않았다. 오히려 구파나 사대세가가 갖고 있는 진법이나 합격술 보다 훨씬 더 정밀하고 뛰어나다는 느낌이었다.

그렇게 담씨세가에서 좌군사의 무인들을 밀어붙이고, 나머지 절강무련 무인들이 저 멀리 보이는 우군사의 화포대와 궁수들을 공격하기 시작했다.

그로 인해 갑자기 곤륜파 무인들은 갑자기 할 일이 없어져 버린 느낌이 들어 멍한 표정을 짓고 서 있었던 것이다. 사실 담씨세가 무인들의 전투 방식 때문에 그사이에 끼어드는 것이 곤란한 문제도 있었다.

"장문인, 저쪽을 보십시오!"

제자의 외침에 우궁자의 시선이 움직였다. 저 멀리, 뿌연 먼지를 피워 올리며 이쪽으로 거세게 달려오는 무언가가 있었다.

"기마대?"

오왕도 예하의 우군사는 가장 규모가 큰 집단이었다. 화포대에서부터 일반 보병과 궁병, 기마대까지 제대로 군대를 형성하고 있었고, 그 숫자 또한 가장 많았다.

그중에서도 기마대는 우군사의 정예 중 정예였는데, 상륙 전까지만 해도 그들의 역할이 없어서 물러서 있다가 아차 하는 순간 한마경이 죽는 바람에 지휘 체계를 정리한 후 급히 이쪽으로 온 것이었다.

달려오는 건 우군사의 기마대만이 아니었다. 다른 쪽에서 무인들 삼백여 명이 이쪽으로 달려오는 모습이 보였다.

"좌군사는 뒤로 물러나라!"

이백여 명의 무인들 중 선두에 선 자가 공력을 가득 담아 외쳤다. 좌군막으로 달려갔던 육비두였다.

육비두의 외침에 담씨세가 무인들에게 밀리고 있던 좌군사 무인들이 일사불란하게 뒷걸음질을 치더니 황급히 물러선다.

방금 전까지 좌군사의 무인들을 상대하던 담씨세가 무인들은, 가장 먼저 상륙한 백여 명이었다.

이번 토벌에 참여한 담씨세가의 무인은, 율천당의 삼백

명. 그중 백여 명이 먼저 배에서 내렸고, 이제는 나머지 이백 명이 모두 배에서 내려 먼저 상륙한 이들과 합류한 상태였다.

그리고 저쪽은 육비두가 이끄는 좌군사 무인 오백여 명과 오백의 기마대.

"우궁 진인!"

좌군사 무인들이 물러나자 재빨리 몸을 뺀 담기령이 우궁자 곁으로 와 그를 불렀다.

"말씀하시오, 총병관."

"저쪽 기마대를 맡아 주실 수 있겠습니까?"

"물론이오!"

"그럼 우리가 저쪽에 있는 무인들을 맡겠습니다. 무리하지 마시고 피해를 최소화하는 선에서 시간을 끌어 주십시오."

"알겠소이다!"

짧게 각자의 역할을 정한 후, 담기령이 먼저 몸을 날렸다.

콰콰콱!

담기령이 세차게 땅을 밟아 무시무시한 속도로 달려가며 손가락을 입에 무는가 싶더니 긴 휘파람을 불었다.

삐이이이익!

세차게 울려 퍼지는 휘파람 소리에, 무인들을 정렬시키

고 있던 윤명산이 반사적으로 몸을 움직였다.

"돌격!"

담씨세가의 무인들에게 예령(豫令)은 불필요했다. 명령이 떨어지는 즉시 몸이 먼저 반응을 보인다.

와아아아!

함성과 함께 율천당 무인들이 정확하게 열을 맞춰 돌격을 시작했다.

쿠쿠쿠쿵!

뿌연 먼지와 함께 땅을 울리며 달려가는 그 모습이, 그어떤 대군이 움직이는 것 보다 무시무시한 위용이었다.

잠시 담씨세가의 움직임을 살핀 우궁자가 뒤를 돌아보며 곤륜파 제자들을 향해 외쳤다.

"우리도 움직인다. 곤륜파 제자들은 기마대로 뛰어들어 저들의 움직임을 봉쇄하라!"

말이 끝나기가 무섭게 우궁자의 신형이 시위를 벗어난 화살처럼 퉁기듯 앞으로 쏘아져 나갔다. 그 뒤로 곤륜파 제자들 역시 일제히 경공을 펼쳤다.

담씨세가의 무인들과 같은 위용은 보이지 않지만, 그 속도만큼은 무시무시한 수준.

이백의 곤륜파 제자들이 서로의 거리를 크게 벌리며, 마치 기마대를 에워싸듯 달려 나갔다.

그리고 난전이 펼쳐졌다.

"저기 보시오!"

제갈무산의 외침에 남궁호천이 고개를 돌렸다. 제갈무산이 가리키는 쪽에서 삼백여 명의 무인들이 달려오고 있었다.

"지원인 모양이오. 여기서 처리하고 갑시다!"

남궁호천이 빠르게 판단을 내리고 말했다. 적들의 수는 어차피 한정되어 있었다. 그리고 지금 양동으로 분산되어 십으로 ㅣ류한 때문에, 적의 전력이 분산되어 있었다. 분산된 적을 각개격파하면 나머지 일이 그만큼 쉬워지는 법. 게다가 이쪽은 수적으로 아주 우세에 있었다.

남궁세가를 포함한 사대세가 무인 팔백에 함께 상륙한 아미파와 점창파 무인 사백까지 합쳐 모두 천이백 명의 무인들이 있었다.

칠 수 있을 때 빠르게 치는 것이 좋다.

남궁호천이 빠르게 외치며 앞으로 튀어 나갔고, 그 뒤로 제갈세가와 모용세가 무인들이 달리기 시작했다.

남궁호천이 무인들을 이끌고 상륙한 곳은 섬의 남서쪽이었다. 그리고 상륙을 한 순간, 남궁호천은 저도 모르게 실소를 흘렸다. 꽤 커다란 공터에 무수히 많은 군막들이 세워져 있었는데, 대부분이 전투가 가능한 자들이 아니었기 때문이다.

오히려 자신들의 물 위를 달려 상륙하자 기겁을 하며 우르르 도망치기에 바쁜 모습이었다.

그 때문에 오히려 일이 번거로워졌다. 사방으로 달아나는 적들을 모조리 한 곳에 몰아넣으려 하다 보니 여간 성가신 게 아니었다.

물론 모두 죽이려고 들었다면 일이 쉬워졌을 것이다. 하지만 저항하지도 않고, 싸울 줄도 모르는 자들을 죽이는 것은 그들 스스로 용납할 수 없는 일이었다.

그런 탓에 각 세가와 문파 무인들이 넓게 퍼져, 양떼를 몰듯 원래 있던 군막으로 몰아넣었다.

그리고 지금, 그 일이 끝날 쯤 무인들이 달려온 것이었다.

"단번에 끝내라!"

남궁호천의 외침에 무인들이 두 다리에 더욱 힘을 모았다.

상황이 그리되니 오히려 당황한 쪽은, 달려왔던 좌군사의 무인들이었다.

"후, 후퇴하라!"

삼백 명이 무인들을 이끌고 왔던 좌군좌사 고경이 대경실색한 표정으로 외쳤다. 적의 규모가 이 정도까지 어마어마하리라고는 생각지 못했던 것이다.

'수운사(守雲司)가 나서야 된다!'

적의 규모가 저 정도라면 자신들만으로는 어찌할 수 있는 수준이 아니었다. 오왕도 예하 육사(六司) 중 가장 강력한 집단인 수운사가 나서야 할 때였다.

수운사는 도주인 주형천이 이끄는 무인 집단이었다. 그 규모만 거의 삼천에 달하는 오왕도 최정예 무인 집단으로, 수운사령은 그들을 어느 정도 관리만 할 뿐, 실제로 이끄는 이는 도주인 주형천이었다.

원래는 거사를 일으켰을 때, 주형천이 직접 그들을 이끌고 지급성을 장악하기 위해 공들여 키운 무인들이었다.

고경의 외침에 좌군사 무인들이 지체 없이 뒤로 돌아 달리기 시작했다.

기마대와 곤륜파의 전투는 말 그대로 난전이었다.

기마대의 경우 대형을 짜고 말의 속도를 이용하는 돌격이 가장 큰 무기였는데, 곤륜파 제자들이 빠른 경공과 신법을 이용해 기마대의 대열을 기를 쓰고 흐트러트리고 있었다.

기마대의 가장 강력한 무기는 돌격력이다. 곤륜파 제자들은 그런 기마대의 돌격력을 원천봉쇄하며 싸우고 있었다. 빠른 경공과 신법을 이용해 기마대가 타고 있는 말을 위협한 것이었다.

말이라는 동물은 원래 아주 겁이 많은 동물이다.

발아래 무언가 있을 때 본능적으로 앞발을 드는 이유는, 스스로를 보호하기 위한 동작. 말이 앞발로 사람을 칠 때는, 자신이 안전하다는 것을 확인했을 경우에만 있는 일. 어지간해서는 겁을 먹고 피하는 것의 말의 본능이었다.

그리고 곤륜파 제자들은 그런 말의 본능을 아주 잘 이용하고 있었다. 거친 기마의 곁을 예리하게 스치고 지나가면서 말의 다리나 목 언저리를 장검으로 훑고 지나친다. 절대 다리를 자르거나 죽이지 않는다. 그로 인해 말들이 고통으로 날뛰면서 대열이 흩어지고, 기마병들에게서 말의 통제력을 빼앗는 것이었다.

반면, 담씨세가 무인들이 오랜 시간 훈련받은 대로 열 명씩 조를 짜 조장의 호령에 맞춰 한 발, 한 발 좌군사 무인들을 밀어붙이고 있었다. 좌군사의 무인들이 어떻게든 난전으로 유도하려 했지만, 꽉 짜인 담씨세가 무인들의 진형은 단단한 성벽처럼 무너질 기미가 보이지 않았다.

그 속에서 가장 고군분투하고 있는 이가 육비두였다.

쾅, 콰쾅!

기합성을 내지르며 휘두르는 육비두의 붉은 검강이 담기령의 창월에 맺힌 푸른 검강과 부딪치며 연달아 굉음이 터지고 강기의 파편이 사방으로 흩어졌다.

"이놈이!"

육비두가 이를 악물며 담기령을 노려보았다.

사실 그는 담기령과 싸울 마음이 없었다.

그의 목적은 단 하나. 담씨세가 무인들이 짜고 있는 대형을 어떻게든 흐트러트리는 것이었다. 그것만이 자신들이 이길 수 있는 방법이라는 걸 잠깐의 전투로 단번에 알아보았기 때문이다.

하지만 담기령이 기를 쓰고 그를 저지하고 있었다. 어떻게든 대형을 무너트리려 하면, 어느새 담기령이 앞으로 나서며 그의 공격을 막았다.

그게ㄷ ㄱ 덕에 유비두가 이끄는 좌규사의 무인들은 큰 피해 없이 담씨세가와 대치 상태를 유지하고 있었다. 그마저도 없었다면, 이미 꽤 많은 수가 죽음을 맞이했으리라.

"꽤 집요하군!"

싸늘한 목소리로 말하는 담기령의 표정 또한 좋을 리가 없었다. 정면으로 싸운다면 충분히 제압할 수 있을 것 같은 자였다. 하지만 자신과는 절대 정면으로 맞붙지 않고 오로지 뒤쪽에 있는 세가의 무인들만을 노리고 있었다.

세가의 가주로서, 살릴 수 있는 수하를 죽게 두는 것은 있을 수 없는 일이었다. 그러다 보니 서로 아무런 소득도 없이 대치 상태만이 길게 반복될 뿐이었다.

그렇게 지루한 상황이 이어진 지 얼마나 흘렀을까.

삐이이이이익!

갑자기 날카로운 굉음이 섬 곳곳에서 울려 퍼졌다.

"흡!"

갑작스러운 소리에 두 사람이 동시에 뒤로 물러서 거리를 벌리고 주위를 둘러보았다.

'저건?'

담기령의 눈에 보인 것은 하늘 높이 솟구치는 명적(鳴鏑)이었다. 그런데 문제의 화살은, 화살대에 피리만 달려 있는 게 아니었다. 화살 끝 부분에서 붉은 연기를 길게 늘어트리며 하늘로 솟구치고 있었다.

'뭐지?'

담기령이 만들어 놓은 신호가 아니다. 그렇다면 이곳 만방도에서 올리는 신호.

붉은 연기를 뿜는 명적은 섬 곳곳에서 쉴 새 없이 하늘로 솟구치고 있었다. 섬 전체에 일종의 명령을 내리고 있는 것이 분명했다.

"전격(全擊)!"

담기령이 급히 외쳤다. 피해를 감수하고라도 무조건적으로 돌진해 적을 제압하라는 명령이었다. 저 명적의 신호는, 적이 무언가를 하려 한다는 신호나 마찬가지였다. 그것이 무엇이 되었건, 전장의 흐름을 적의 의도대로 흘러가게 둘 수는 없었다. 그러니 일단 눈앞의 적을 치는 게 먼저였다.

하지만 담기령보다 좌군사의 무인들이 훨씬 빨랐다. 그들은 이미 방향을 틀어 사방으로 흩어지며 어디론가 달려가고 있었다.

"쫓아라!"

율천당주 윤명산이 황급히 명령을 내리며 두 다리에 힘
을 주었다.

"정지!"

하지만 뒤이어 떨어진 담기령의 외침에 담씨세가 무인들
은 거짓말처럼 발을 멈췄다. 저렇게 사방으로 흩어지는 적
을 잡으려다가는 되려 이쪽이 당할 가능성이 높은 탓이었
나,

세가의 무인들을 돌려세운 담기령의 시선이 곤륜파 제자
들이 있는 쪽으로 향했다.

그쪽 역시, 맞붙어 싸우던 기마대가 갑자기 뒤로 물러나
어디론가 달려가는 모습에 망연자실한 표정을 짓고 있었다.

그때 좌우에서 또 다른 한 무리의 무인들이 나타났다.

"음!"

이번에는 뭔가 싶어 눈길을 돌려 확인하던 담기령이 피
식 미소를 지었다. 적이 아닌, 각각의 방향에서 섬으로 상
륙한 토벌대의 무인들이었다.

그들은 상륙을 위해 멀리 바다를 우회해야 했기에, 담기
령은 일단 섬에 올라와 위험이 사라지면 각자 운기조식과
호법을 번갈아 서며 기력을 회복하라 했었다. 그런 후에 포
구가 있는 해안으로 모이라고 미리 명을 내려놓았었고, 그

것이 끝나고 지금 이렇게 모인 것이었다.

삐이이익!

담기령이 긴 휘파람을 불어 각 부총병들을 자신이 있는 곳으로 모이게 했다.

"총병관, 방금 전의 그 명적은 무엇이오?"

"적들이 보내는 신호인 것 같은데……."

"놈들이 모두 저 비탈 위쪽으로 달려가는 것을 확인했소이다."

부총병들이 담기령을 중심으로 둥글게 모이며 저마다 한 마디씩 말을 했다.

"뭔가 우리와 싸울 준비를 하고 있겠지요."

담기령이 가볍게 방금의 상황을 평한 후, 한곳으로 시선을 움직였다.

포구가 있는 해안에서부터 비스듬하게 남동쪽으로 솟아오르는 비탈을 향해서였다. 그 비탈의 중간쯤에 누각이 하나 서 있었고, 자신들이 있는 해안과 누각의 연장선 위쪽에 크게 자리 잡고 있는 장원이 보였다. 그 장원을 향해 달려 올라가는 인파들의 모습이 함께 눈에 들어왔다.

"저기가 아마 우리의 결전지가 될 것 같습니다."

비탈 위에 자리 잡고 있는 장원은, 장원이라기보다는 산성에 가까운 형태였다. 그리 높지는 않지만 아래에서는 그래도 부담이 될 정도의 성벽이 가로로 길게 늘어서 있었다.

대충 오륙 척(尺) 정도의 높이였는데, 아래에서 공격을 하려 할 때는 저 정도 높이만으로도 꽤 애를 먹을 수 있었다.

그 성벽 너머로는 사람의 그림자가 성벽을 따라 길게 열을 지은 채 서 있었는데, 자세히 보이지는 않았지만 아마도 활을 들고 성벽을 지키려는 병사들인 듯했다.

"산성이라……"

담기령이 팔짱을 끼며 고개를 외로 꼬았다. 보통의 병사들이 지키는 산성이라면 공격하는 것이 그리 어렵지는 않았나. 하지만 저 산성을 지키는 병사들은 대부분이 무공의 고수들이었다. 이쪽 또한 큰 피해를 감수하지 않으면 안 될 수도 있는 상황이었다.

그때 이세신과 유춘, 구여상이 사람들 사이로 끼어들었다. 격렬한 전투를 치르는 사이, 절강무련의 무인들도 선착장에 배를 정박시키고 섬에 오른 것이었다.

담기령을 포함한 부총병들이 모두 뭔가 고민하고 있는 듯한 분위기에 이세신이 조심스레 물었다.

"곤란한 상황이라도 있습니까?"

그 말에 담기령이 멀리 비탈 위의 산성을 가리켰다.

"저길 어떻게 공략해야 할지 고민이오."

무공을 익히지 않은 이세신의 눈에도, 저 멀리 위쪽에 길게 늘어서 세워져 있는 산성의 모습이 보였다.

하지만 곤혹스러워하는 이유를 알 수가 없었다.

"산성을 공격하는 게 힘이 드는지요?"

"저 산성을 지키는 이들이 모두 무공의 고수들이라 이쪽의 피해가 꽤 클 듯하오."

하지만 이세신은 여전히 이해할 수 없는 표정으로 물었다.

"쉬운 방법이 있는데, 왜 고민을 하시는지……."

그 말에 담기령이 흠칫 놀라 물었다.

"쉬운 방법?"

"저게 있지 않습니까?"

이세신이 당연하다는 얼굴로 한쪽을 가리켰다. 그런 이세신의 손짓을 따라 시선을 움직이던 담기령이 저도 모르게 실소를 흘렸다.

"하, 내가 저 생각을 못 했군."

이세신이 가리킨 곳에는, 아까 우군사에서 바다를 공격했던 화포들이 덩그러니 놓여 있었다.

까드드득!

주형천이 턱이 아프도록 이를 갈아붙였다. 겨우 하루 만에 겪은 일들을 도저히 믿을 수가 없었다.

사방에 시체가 즐비하고, 매캐한 연기와 찡한 화약 냄새가 코끝을 때리고 지나간다.

오왕도와 이곳 만방도는 몇 대 전부터 피땀을 흘려 마련

한 자신만의 완벽한 나라였다. 그런데 그것이 불과 한 달도 되지 않아 이렇게 처참하게 짓이겨졌으니 그 상실감과 분노가 극에 달했다.

"절대 용서치 않을 것이다!"

바득바득 이를 갈며 나지막한 목소리로 중얼거렸다.

"도주님, 잠시 적들이 물러간 사이 몸을 피하셔야 합니다."

주형천을 향해 다급한 목소리로 말하는 이는 좌군사령 유세두와 우행사령 이세허, 그리고 수유사령 이문수였다.

피신을 말하는 세 사람의 얼굴에도 망연자실한 표정이 떠올라 있는 것은 마찬가지였다.

섬의 모든 병력을 산성으로 모으고, 일단은 수성을 하며 상황에 따라 유동적으로 전투를 운용하자는 것까지는 좋은 생각이었다.

섬 곳곳에서 명적으로 신호를 올려, 병력을 산성에 집결시킨 것 또한 제대로 진행되었다.

문제는 우군사령 한마경의 죽음이었다. 산성에서 수성전을 펼쳐야 하는 상황인데, 그러한 전투에 대해 가장 해박한 한마경의 부재로 인해 제대로 된 전술적인 대응을 하지 못하게 된 것이었다.

물론, 다른 사령들이라고 해서 보통의 군대를 지휘하는 법을 모르는 것은 아니다. 하지만 단순히 지식으로 갖고 있는 것과, 온전한 자신의 경험으로 갖고 있는 것은 아주 큰 차이였다.

그리고 그 차이가 수성전의 승패를 갈랐다.

시작은 화포였다.

군선을 막기 위해 해안에 배치했던 화포들이 고스란히 적의 손에 넘어갔고, 그 화포가 토해 낸 철구들이 쉴 새 없이 날아들었다.

처음에는 전혀 엉뚱한 곳으로 떨어지던 철구들이, 대여섯 번 쏜 후에는 제법 정확하게 산성을 두드렸다. 물론, 여전히 정확하지는 않았다. 어떤 것은 성벽을 두드렸지만, 대부분은 성벽을 훌쩍 넘어 산성 위쪽을 두드려 댔다.

비탈의 아래에서 성벽을 넘어 산성 안으로 화포를 쏜다는 것은 어지간한 정확도가 아니면 힘든 일이었다. 성벽을 넘으면 그 각도 때문에 산성을 훌쩍 지나고, 그러지 않으려고 각을 낮추면 성벽을 때리거나 그 아래 애꿎은 비탈을 두드리기 때문이었다.

하지만 적들은 그 화포를 공격에 사용한 것이 아니었다. 쉴 새 없이 화포가 날아오면 수성하는 입장에서는, 화포가 날아오는 동안은 성벽 뒤에 몸을 숨기는 수밖에 없었다. 적들은 바로 그 틈을 노렸다.

정신없이 화포가 날아드는 동안, 경지가 높은 무인 천여 명이 비탈을 비스듬히 타고 올라왔다.

산성에서 아래로 뻗는 직선상에서는 화포를 쏘아 대면서, 화포가 두드리는 범위 좌우 바깥에서 비스듬히 산을 올라온 것이었다.

화포의 공격이 끝난 후, 산성으로 날아든 것은 화살이었다. 물론 그 역시 성벽 뒤로 몸을 숨기면 문제가 되지 않는다. 문제는 그 화살이 산 아래가 아닌, 산성 위쪽에서 아래를 향해 쏟아져 내렸다는 점이었다.

갑작스러운 화살 비에 수백 명이 당한 후에야 정신을 차리고 산 위를 확인하니, 온몸에 덕지덕지 갑주를 걸친 무인들이 위에서 아래를 향해 쉴 새 없이 활을 쏘고 있었다.

화살들 사이에 불화살까지 섞여 산성 안의 건물들에 박히면서 곳곳에 작은 불씨가 붙었다.

바로 꺼 버리면 문제가 되지 않지만, 그대로 방치하면 나무로 이루어진 건물은 결국 커다란 불이 될 수밖에 없었다. 다급해진 병사들이 불을 끄기 위해 움직이는 순간, 비스듬히 산을 올라온 무인들이 단숨에 성벽을 넘어 산성으로 뛰어들었다.

좌군사의 무인들과 수운사의 무인들이 황급히 뛰쳐나와 적을 맞이했다.

하지만 좌군사와 수운사 무인들이 뛰쳐나왔을 때, 적들은 다시 성벽을 밖으로 몸을 날리고 있었다. 황급히 뒤쫓아 나오는 그들을 맞이한 것은 저 멀리 해안에서 날아드는 화포였다.

적을 상대로 제대로 칼 한 번 휘두르지 못하고 처참한 몰골로 으깨진 시체가 곳곳에 널렸다.

어쩔 수 없이 다시 성벽을 넘어, 성벽 뒤에 숨으려 하면 화포가 멈추고 산 위에서 화살이 날아들었다. 그것을 어찌해 보려 하면 이번에는 아까 빠졌던 무인들이 다시 성벽을 넘어 공격을 했다.

쉬지 않고 치고 빠지는 적들의 전술에 오왕도 무인들은 속수무책으로 당할 수밖에 없었다.

그 전술에 무려 일곱 번을 당한 후에야, 수운사령 이문수가 머리를 짜냈다.

가장 방해가 되는 것은 다름 아닌 화포였다. 하지만 화포는 너무 멀리 있었고, 화포를 치러 나가자면 밖에 대기하고 있는 무인들을 넘어야 하니 꽤 무리가 있었다.

그다음 성가신 것이 산 위에서 아래를 향해 쏘아 대는 화살이었다. 대부분이 절정 이상의 무인들이었기에, 눈으로 보이는 화살은 문제가 되지 않았다. 하지만 급박한 전투 중에 뒤통수를 노리고 날아드는 화살은 위험하기 짝이 없었다.

결국 가장 먼저 제거해야 할 대상으로 산 위에서 화살을 쏘는 자들을 택했다.

하지만 그 선택이 오히려 상황을 더욱 불리하게 만드는

것이었다.

따로 오백 명을 뽑아 올려 보낸 수운사 무인들이 전멸을 당한 것이었다. 그사이 성벽을 넘어온 토벌대 무인들은 야금야금 오왕도 무인들의 수를 줄였다.

거의 하룻밤 동안 진행된 전투로 인해 오왕도 측은, 원래 사천 가까이 있던 무인의 수가 절반으로 줄어 버렸다.

조금씩 피해를 보더라도 적의 전술에 맞춰 주면서 화포가 소진되기를 기다렸어야 했다는 것을 깨달은 것은 해가 떨어지고 밤이 된 이후의 일이었다.

밤이 되자 적들도 꽤 지쳤는지 일시적으로 물러난 상황이었다.

그리고 육비두, 임세헌, 이문수가 택한 것은 퇴진이었다. 일단은 섬을 버리고 몸을 빼야 한다고 판단했다.

"지금 이 꼴을 당하고 도망을 치자는 말인가!"

세 사람의 말에 주형천이 버럭 소리를 내질렀다. 아무리 상황이 불리하다고는 하나, 긴 세월 쌓아 온 것을 한순간에 버리는 것은 있을 수 없는 일이었다.

"현재는 상황이 너무 불리합니다. 일단은 물러난 후, 후일을 기약하셔야 합니다."

"모든 기반을 잃은 후에 후일을 기약하는 것이 가능하리라 생각하는가?"

주형천이 역정을 내자, 오행사령 임세헌이 대답했다.

"중원에 숨겨 놓은 또 다른 은신처가 있습니다. 크지는 않아도 장원과 땅이 있고, 물자와 자금이 있습니다. 그것으로 어느 정도 버티는 것이 가능합니다. 그리고 도주님을 따르는 무인들이 있습니다. 이들의 힘이라면 금방 새롭게 자리를 잡는 것이 가능합니다."

이천에 가까운 무인이 있다는 것은, 무림이든 토호든 어떤 식으로든 기반을 세우는 것이 가능했다. 그것을 토대로 차근차근 대업을 준비하면, 언제든 거사를 성공할 수 있을 것이다.

"큭!"

주형천이 신음을 뱉으며 두 눈을 질끈 감았다. 사실은 그도 다른 방법이 없다는 것을 알고 있었다. 적들의 방식에 말려든 순간, 이미 이러한 결과가 기다리고 있었던 것이다.

끓어오르는 분노를 주체할 수 없었지만, 주형천은 애써 냉정을 유지했다. 임세헌의 말이 맞다. 지금은 싸울 때가 아니라 잠시 물러설 때였다.

"빠져나갈 방법은 있는가?"

"섬 반대쪽에 준비되어 있습니다."

만방도로 피했다는 것은 대업의 실패를 의미했고, 그것은 만방도도 완전한 은신처로 볼 수만은 없다는 것을 뜻했다. 그렇기에 만방도에서도 만약의 상황을 대비해 섬을 빠져나갈 준비가 되어 있었다.

"그리로 가지."

"예, 앞장서겠습니다."

깊은 밤, 숨소리마저 죽인 채 좁은 산길을 따라 움직이는 긴 행렬이 있었다. 주형천을 위시한 오왕도의 무인들이었다.

보통 사람이라면 한 치 앞도 분간이 안 될 정도로 사방에 짙은 어둠이 내려앉아 있었지만, 누구도 불씨를 지니고 있지 않았다. 그럼에도 누구 하나 발을 헛디디거나 소리를 내는 이는 없었다. 대부분이 절정 수준의 무인들이기에 어지간한 어둠은 꿰뚫어 볼 수 있는 안력이 있기 때문이었다.

좁고 구불구불한 산길을 내려간 오왕도 무인들이 닿은 곳은, 섬의 남동쪽 해안이었다.

만방도의 북서쪽 해안은 긴 선착장을 여러 개 지어야 할 정도로 물이 얕았고, 물속으로 이어지는 경사 또한 완만했다. 하지만 남동쪽 해안은 깎아지른 듯한 절벽이었다. 구불구불한 해안선을 그리고 있는 절벽의 한 곳이 깊은 만(灣)을 형성하고 있었는데, 그곳에 이십여 척의 배가 정박해 있었다.

"다 왔습니다."

가장 선두에 있던 임세헌의 말에 주형천이 침통한 표정으로 고개를 끄덕였다. 긴 세월 준비해 온 대업이, 자신의 대(代)에서 이렇게 허무하게 끝난다는 사실을 도저히 참기가 힘들었다.

하지만 이미 한 걸음 물러서기로 마음을 먹은 후였다. 이제 와서 다른 생각은 할 필요가 없었다.

"가자."

주형천의 말에 임세헌이 고개를 끄덕이며 이문수를 향해 말했다.

"혹시 모르니 배를 먼저 확인해 주시오."

"알겠소이다."

어지간해서는 눈에 잘 띄지 않는 장소였지만, 오늘 본 적들의 움직임을 보면 이곳도 발각되었을지도 모를 일이었다. 그러니 일단은 배가 안전한지를 먼저 확인할 필요가 있었다.

이문수가 수하들을 향해 손짓으로 명령을 내리자, 수운사 무인들이 재빨리 배에 올랐다. 한 척에 쉰 명 가량의 무인들이 승선에 배의 구석구석을 샅샅이 살핀다.

쏴아아아아!

갑자기 하늘에서 빗소리가 들렸다.

"음?"

갑작스러운 소리에 주형천이 하늘을 향해 고개를 드는 순간, 그의 두 눈에 경악의 빛이 떠올랐다.

"크아아악!"

사방에서 비명이 울려 퍼졌다. 하늘에서 들린 소리는 빗소리가 아니었다. 허공을 날아 지면으로 꽂히는 화살들의 파공성이었다.

"역적은 순순히 투항하라!"

어두운 밤 공간에 우렁우렁 울려 퍼지는 외침이 주형천의 귓속으로 파고들었다.

동시에 사방에서 점점이 불빛이 떠올랐다.

"흡!"

"이, 이런!"

주형천을 포함한 세 명의 사령들이 저도 모르게 헛바람을 들이켰다.

배가 정박되어 있는 만(灣)을 완전히 에워싸는 횃불들을 보고 있자니 무서운 느낌까지 들었다.

섬에서만이 아니다. 바다에도 횃불이 밝혀지고 있었다. 도저히 빠져나갈 구멍이 보이지가 않았다.

주형천과 임세헌, 육비두, 이문수의 얼굴이 절망으로 뒤덮였다.

終章 一

"바닷바람이 참 시원합니다."

뱃머리에 서서 저 멀리 정면을 바라보고 있는 담기령의 옆으로 누군가 다가오며 말을 걸었다.

고개를 돌려보니 무림맹 맹주 현산이었다. 현산의 얼굴을 확인한 담기령이 걱정스러운 표정으로 말했다.

"상처에는 바닷바람이 그리 좋지 않습니다."

"허허, 늙은 몸뚱이라 어차피 상처가 빨리 낫지는 않을 겁니다."

"하하, 대사께서 그런 농담도 하십니까?"

"농담이라니요? 진실을 말하는 것입니다."

"다른 분들은 어떻습니까?"

"다들 멀쩡합니다. 뭍으로 돌아가면 다시 의원에게 보여야겠지만, 위중한 제자는 아무도 없으니 총병관께서는 걱정하지 마십시오. 그런데……."

현산이 슬쩍 뭔가를 말할 기미를 보이고는 이내 말꼬리를 흐렸다.

"하실 말씀이 있는 모양이군요."

"흐음, 실은 궁금한 것이 있어서 말이오."

"궁금한 것이라니요?"

"그 절벽에서 말입니다. 주형천 그자가 함께 죽자며 총병관을 끌어안고 바다로 뛰어들었을 때 말입니다."

"아, 예."

"그때 총병관께서는 온몸에 갑주를 두르고 있지 않았습니까? 그런데 어떻게 바다에서 그리 쉽게 나오셨습니까?"

"그야 갑주를 벗었으니까요."

"온몸에 걸치고 있던 그 갑주가, 물속에서 그리 쉽게 벗을 수 있는 물건으로 보이지는 않았습니다만……."

현산이 도저히 이해할 수 없다는 얼굴로 물었다. 그런 현산을 향해 담기령이 빙긋이 웃으며 말했다.

"사람이 다급해지니 상상도 못할 정도로 힘을 내게 되더군요. 그 덕에 주형천도 산 채로 잡을 수 있었고요."

"흐음, 그렇습니까?"

현산이 여전히 믿을 수 없다는 얼굴로 담기령의 위아래

312

를 훑어보았다. 그런 현산을 향해 담기령이 묵직하게 고개
를 끄덕이며 대답했다.

"그렇습니다."

"흐음······. 뭐, 총병관께서 그렇다면 그런 것이겠지요."

현산은 그때, 주형천이 담기령을 끌어안고 절벽 아래 바
다로 뛰어들었을 당시의 기억을 더듬었다. 온몸에 쇠로 된
갑주를 걸치고 있는 담기령은, 바다에 빠지는 순간 목숨을
잃는 것이 당연했다. 그 무거운 갑주는, 물에 들어가는 순
간 담기령을 하나의 돌덩이로 만들게 분명했기 때문이었다.

그런데 담기령은 그 상태로 물에 빠졌음에도, 오히려 주
형천을 기절시켜 뒷덜미를 잡아챈 채 바다를 빠져나왔다.

빠져나온 담기령의 몸에는, 그 많던 갑주가 한 조각도 남아
있지 않았다. 다들 기이하게 여길 수밖에 없는 광경이었다.

그런데 현산의 기억에, 당시 물속으로 곤두박질치기 직
전 담기령의 온몸이 검은 안개에 휩싸이는 것을 보았던 것
같았다. 하지만 너무 깊은 밤이었기에 그 기억을 신뢰할 수
가 없어 은근슬쩍 물어본 것이었다.

여전히 의구심 가득한 표정을 짓고 있는 현산을 향해,
담기령이 한층 짙은 미소를 지으며 말했다.

"왜 그리 물으시는지는 모르겠습니다만······. 별다른 것
은 없었습니다."

終章 二

"소림에 전답과 비단, 쌀을 하사하며 소림을 호국충사비 (護國忠寺碑)를 세워 그 뜻을 후대에 널리 알리노라!"

황제의 정전인 자금성 봉천전에 사례감의 목소리가 울려 퍼졌다.

"성은이 망극하옵니다. 만세, 만세, 만만세!"

보좌 아래 현산이 무릎을 꿇고 절을 올리며 황제가 하사 한 상에 감사를 표했다.

말이야 성은이 망극하고, 황제의 만세를 외치고 있지만 실제로 하사한 상은 정말 별것 아닌 것이었다. 나라의 역적 을 물리친 공로를 생각하면 하염없이 작은 포상.

하지만 현산은 그에 대해 불만을 표할 수 없었다. 아니,

현산만이 아니라 현산보다 앞서 황제 앞에서 무릎을 꿇었던 모든 이가 마찬가지였다.

무림맹에 역적과 손을 잡은 이들이 있었다는 사실을 눈 감아 준 것만으로도 포상은 이미 넉넉히 받은 것이나 다름 없었다.

그렇게 현산의 인사가 끝이 나고, 사례감이 큰 소리로 외쳤다.

"절강 용천현 담기령은 무릎을 꿇으라!"

그 말에 담기령이 조심스레 앞으로 나가, 방금 전 현산이 만세를 외쳤던 그 자리에 무릎을 꿇었다.

담기령이 앞으로 나서는 사이, 새로운 교지(敎旨)를 집어 든 사례감이 큰 소리로 외쳤다.

"절강성 처주부 용천현의 담기령에게, 황실에 세운 공을 높이 사, 전답과 쌀, 비단을 하사한다. 또한, 담기령을 용천백(龍泉伯)으로 봉(封)하며 그에 대한 증거로 본 철권을 내리노라."

순간 봉천전 안에 묵직한 충격이 지나갔다. 사례감이 교지에 이어 내려놓은 쇠로 만든 기와 때문이었다.

기와에는 붉은 주사로 담기령의 공을 치하한 글자들이 새겨져 있었는데, 이것이 바로 단서철권(丹書鐵券)이었다. 대대손손 역모죄가 아닌 한 그 어떤 죄도 물을 수 없으며, 혹여 후대에 누군가 역모죄를 짓는다 해도 목숨만큼은 보존할 수 있도록 보장해 주는 물건이었다.

거기에 더해 용천백이라는 칭호와 함께 그를 봉작했다. 이 또한 담기령의 집안에 대대손손 이어지는 것으로, 일부 군권까지 소유할 수 있는 어마어마한 작위였다. 오히려 각 지역에 자리를 차지하고 있는 왕부보다, 지위는 낮으나 힘은 더 강한 신분이 되는 것이었다.

담기령이 조심스레 절을 올리며 외쳤다.

"신 용천백 담기령이 폐하의 은혜에 몸 둘 바를 모르겠나이다. 만세, 만세, 만만세!"

담기령은 입으로는 그렇게 외치고 있었지만, 속으로는 다른 사람을 향해 말을 걸고 있었다.

'할아버지, 드디어 해냈습니다. 담씨세가가 천하제일가가 되었습니다.'

〈『무림영주』 大尾〉

武林領主

1판 1쇄 찍음 2014년 8월 11일
1판 1쇄 펴냄 2014년 8월 14일

지은이 | 윤지겸
펴낸이 | 정 필
펴낸곳 | 도서출판 뿔미디어

편집장 | 이재권
기획 · 편집 | 윤영상

출판등록 | 2002년 9월 11일 (제1081-1-132호)
주소 | 경기도 부천시 원미구 상동로 117번길 49(상동) 503호 (우)420-861
전화 | 032)651-6513 / 팩스 032)651-6094
E-mail | bbulmedia@hanmail.net
홈페이지 | http://bbulmedia.com

값 8,000원

ISBN 979-11-315-2567-8 04810
ISBN 978-89-6775-211-8 04810 (세트)